致大海

雁西　著

海南出版社
HAINAN PUBLISHING HOUSE

图书在版编目（C I P）数据

致大海 / 雁西著. -- 海口 ：海南出版社，2018.4
ISBN 978-7-5443-8134-5

Ⅰ. ①致… Ⅱ. ①雁… Ⅲ. ①诗集－中国－当代
Ⅳ. ①I227

中国版本图书馆 CIP 数据核字(2018)第 063947 号

致大海

作　　者：雁　西
责任编辑：吴　馨
封页油画：雁　西
封面设计：黎花莉
印刷装订：海口恒久彩色包装印刷有限公司
海南出版社 出版发行
地　　址：海口市金盘开发区建设三横路 2 号
邮　　编：570216
电　　话：0898—66816563
经　　销：全国新华书店经销
开　　本：889mm×1194mm　1/32
字　　数：12 万字
印　　张：8.5
版　　次：2018 年 4 月第 1 版
印　　次：2018 年 4 月第 1 次印刷
书　　号：ISBN 978-7-5443-8134-5
定　　价：39.00 元

To the sea

POEMS

海是一首无穷无尽的长诗，当你读到

我的致大海，你也成了其中的诗句

——雁西致读者的信

雁　西

像无数的玫瑰开在波涛之中

关于人与大海，其实也是人与自然的关系，在海南生活的人，自然离不开海，对于诗人而言，海是一首无穷无尽的长诗。

关于海的记忆，怎么说呢，我出生于江西赣南，那里没有大海，只有池塘、水库、小溪和赣江。我最早知道海是从海明威的《老人与海》，还有一部电影《海霞》。关于诗人与海，我印象中最喜欢的是普希金和舒婷的《致大海》。普希金的《致大海》，是一曲对大海的庄严颂歌，是对人生命运的深沉感叹，也是对自由的热情礼赞。面对波涛汹涌的大海，想起自己坎坷的经历和命运，思绪起伏，他的心像大海一样深沉、激荡。他赞叹大海，奔向自由的远方。他的诗气势豪放、意境深远。2016 年 12 月 18 日，两岸诗会上，我又听到了舒婷的《致大海》，感受到人与环境的不同，心情的不同，海也不同，诗也不同。她住在厦门鼓浪屿，她笔下的海温柔、恬静、浪漫而又汹涌，她感受着大海就像在感受自己，也是社会、生活、朋友的映照。

我写的诗歌《致大海》，可以说是我激情、浪漫、伤感、唯美的交响，像无数玫瑰开在波涛之中。第一次是写北方的海，2007 年我与诗人剑夫一起送秦皇岛的友人回家，适逢经历感情低谷，刚刚结束一段恋情，第二天早晨，我来到海边，霞光与海潮的涌动，使我激情澎湃，幻想中看见海的女儿来临，倾听她内心的告白，于是我的胸襟变得开阔，“海可以容纳两条并不相爱的鱼”，失恋之痛找到了出口，完全释放和释然了，我不再埋怨和伤心，而是充满深情和感恩的泪光。

我的第二次《致大海》是写南方的海，即海南的海，2012 年在三亚大小洞天的海边写的，作为新丝路模特大赛总决赛评委，看着美丽、蔚蓝的海，看到少女们豆蔻的年华，内心平静地欣赏大海，并把大海当成是自己，领悟应该像海一样生活，像海一样包容万物，应该保持年轻美好的心境。我的第三次《致大海》，是在 2014 年，我在博鳌“海的故事”酒吧，看见“海的故事”营造的与海有关的时间记忆，老船、沙滩、花朵、海潮及游客留下的纸条，对于海的理解，更为接近心灵。从别人眼中的海，体会自己心中的海，海是充满人性的，与人类和生命息息相关，在“海的故事”，我对于海的浪漫、海的情感有了更为深刻的领悟。这里记载了多少人对海的渴望与致敬，“海的故事”酒吧，是一座当代艺术的装置艺术作品，让人感动，也让人留恋。后来在海南生活久了，诗中自然就有了更多的浪花、潮汐和咸咸的海风。

可能是命运的安排吧，1994 年至 1995 年我从北京到海南工作，1995 年底回京工作，2009 年九月我又从北京到海南工作，我很感激命运之神对我的厚爱，这种城市的转变，使得我有着比别人更多不同寻常的经历，其中包括爱情。在空中飞行或在时光中穿梭，对我而言，都是生命的飞跃和追寻，无论我的生活发生了什么，或在另一座城市暂时的停留，其核心没有变过，那就是我对诗歌和爱的执著和追求。有了诗歌和爱，在任何时候，我都会保持沉着和从容，去面对一切发生的或者即将发生的。这种不同寻常的城市变幻，使得生命和时间，城市和诗歌像血液一样流向灵魂的深处。在海南我可以静心地观察自己和整个世界，开始真正进入人生的思考、探索期。我一直认为所有的艺术都是自然在精神田园的结晶，诗歌更是如此。诗歌是自然在艺术中的光芒，而大海在诗人眼中当然会成为诗海。海南的美无处不在，用任何语言赞美都不为过，海南是一块净地，是充满诗意的海岛，可以称之为“诗歌岛”，能在海南岛生活的人是最幸福的人，诗人们应该到海南来。

海像我的老师，也像是我的知己。海引领我们走向广阔、博大和自由，使我们更爱这个世界。诗人不仅有小我，更应该像海一样有大我，努力构造了一个诗意的大境。我不仅要从大海中看到诗，也想从人海中发现诗，真正实现诗意生活。《致大海》，是我在海南十年的生命体验与感悟，以抒情诗的方式，尝试人与大海、自然及万物的沟通、相处以及赞美，这本书以诗人的眼光，发现和见证了海南之美，诗意生活、栖居海岛，是自然之海、人文之海的心灵交汇。这本诗集，我的一百多首诗歌作品，是在海南创作或写给海南的诗，是大海的抒情诗，唯美、浪漫、纯净，既像小提琴般的小夜曲，又像交响乐般大气雄浑，表达了我对海南深深的爱和故乡般的情怀，是以诗歌的方式向海南建省三十周年献礼，也是诗人在时间中向大海致敬。

大海、人海、心海，只有爱海、懂海的人才会真正像海一样辽阔和无限。

袁贤民

与诗神和爱神同行

——雁西其人其诗印象

结识雁西那时，是我们最年轻、最英俊的时刻。1987年，雁西和我都还是风华正茂的少年，不谙世事，爱诗如命。那时他用本名尹英希写诗，雁西是他后来取的笔名。记得那年 3 月，某一天，从于都中学实习完毕回到赣南师院，行李刚丢下，便参加郁孤台诗社“青春诗会”活动去了。那次诗会，雁西坐在我旁边，帅气，英气，却十分忧郁。读了他几首抄录在笔记本上的新作，立即被他的才情打动。在他之前，整个赣州似乎还没有令我折服的诗人。那天诗会结束，我和同学赖新林邀雁西到我们师院去，继续交流诗作，畅谈人生。吃的是馒头、炒粉干、酸菜煎饼之类，睡的是我们嘈杂但干净的学生宿舍。继而，我们又结伴去到在同一条街道的江西冶金学院（今江西理工大学），与刘庆祝、张树宏、张福连、骆建军等诗友，把酒临风，春心荡漾，诗兴大发，接连数日。就这样，我们的友情播下了坚实的种子。

那年，雁西在南康县（今赣州市南康区）潭口镇政府工作，领一份很微薄的薪水。但他却带领我们做了一件当时震撼诗坛的大事，编辑出版《第三代诗人报》。为办好这份诗报，他不仅贡献了全部薪水，还有每一个与诗神相伴的昼夜。我和其他几个编委只负责组稿、文字校审，排版、印刷、发行等大堆事务都是雁西一人扛了。编委中，大多还是在校学生，只有周末才能聚在一起讨论诗稿、商谈编务。起始，《第三代诗人报》是月报，全国发行。那年，中国第三代诗人运动风起云涌，流传各地的民间诗刊、诗报，十有八九还是油印的。《第三代诗人报》率先铅印，而且用铜版纸，每期不乏名诗人、名作，在诗坛的影响力不言而喻。很快，月报改为半月刊。雁西更消瘦了，因为办报累的。雁西更优雅了，因为那时起，他便有了诗神和爱神的双重眷顾。

初夏，一个周六，我、新林等三人骑自行车从赣州市红旗大道去潭口，单程两个小时。忙完下期的诗报编辑，大家早已饥肠辘辘，雁西于是请我们下馆子，状元菜（荷包胙）、姜丝板鸭、小炒鱼、凉拌顺风（猪耳朵）、油炸花生米，怎么也喝不完的啤酒，令我们不胜感激。这顿饭，至少去掉雁西半个月工资。席上，雁西没有朗诵他的诗篇，我们都没有，而阐述各自诗观。雁西说，不错，诗言志，但更应该言情、言爱，一个真正的诗人，首先是人民的诗人，只有对这个世界充满暖暖的爱意，你的灵魂才能得到升华，赢得诗神的青睐，你的诗篇才能浪漫、纯净、唯美、刻骨。至于我自己说了什么，新林等人又说了什么，都没什么印象了。因为我们的所谓诗观，不过是人云亦云罢了，不像雁西始终特立独行。饭后，趁着皓皓月色，我们又沿着潭口小街溜达了一圈，才恋恋不舍地骑车返回市区。

旋即，我、赖新林、刘庆祝等毕业了，其他几个进入大四的编委也实习去了，《第三代诗人报》几乎只有雁西、杨北城两人继续操持。由于种种原因，我被发配到一个乡村中学教书，仍坚持写诗 3 年后，诗心渐失，暂别诗坛。继而辞去公职下海，再也没有回头，至今漂泊在岭南。重返诗坛是 1998 年，那年夏天参加了《女友》《文友》杂志社联合举办的一个笔会。2008 年 7 月开通个人新浪博客后，一个偶然的机会再次读到雁西的诗作，喜出望外。其“忧人类之忧，爱世界之爱”的情怀，其本真、大美、热烈、超然、透彻的诗风，令我感慨，令我仰望。于是发纸条给他，告诉他我现在常用笔名楚歌、小米阿哥，于是成为博客好友，于是失散二十年的诗兄弟再聚首。

当年相聚赣州的诗友们，后来多半从商、从政去了，不再写诗。一路与诗神、爱神同行的唯有雁西，不断在中国诗坛创造奇迹的唯有雁西，堪称大家的唯有雁西。

苏东坡是雁西最欣赏、最崇拜的诗人之一，写诗完全出自心灵和才情，出自一种与世界倾诉、与自己对话的一种本能和需要。在雁西看来，要做一个真正的诗人，就必须像苏东坡一样笑看人生，像海一样无怨，像海一样广阔。我把雁西这种情怀称为大爱。当今诗坛之所以公认他为“情诗王子”，不仅因为他写出了 2328 行的经典长诗《致爱神》，更因为他骨子里的洒脱、空灵、唯美、浪漫。正如秦朝晖《悦品雁西》所言，雁西其人“不着痕迹，尽得风流；不司招数，尽显秘笈”。

“比钱更重要是命，比命更重要是爱。”（雁西《那些鬼，究竟在争什么》）雁西的爱更忠诚、更决绝。“我把人们当成亲人 / 可以在阳光下握手，拥抱 / 尽管现实总对我说，不，不是这样”（雁西《给这个世界一点暖》）雁西的爱更博大、更执著。“我听到了爱神的呼吸 / 鲜花，在绽开 / 春天的手，在抚摸千年的 / 流逝。亲爱的，我爱尘世的 / 一切，包括那杯 / 与你碰过之后的 / 醉意红酒，和空中那个 / 摇摇晃晃的月亮”（雁西长诗《苏东坡》）雁西的爱更空灵、更彻悟。我相信这人间仍有爱神，她眷恋我们每一个人。然而，更多的时候，我们怀疑爱，看不见爱神，甚至背叛爱。唯有雁西，“他的内心供奉着爱神的圣像（最好的结果是爱神已住进诗人心里），或者说，诗人已无形中成为爱神的替身，他在为爱代言”。（洪烛《为了看看爱神长的什么模样——读雁西诗集 < 致爱神 > 有感》）诚然，只有爱神才配成为诗神的王后。一个始终与王者（诗神）、王后（爱神）同行的人，偶尔成为他们的替身、代言人，再自然不过。

雁西比之我们，更崇尚自由，更热爱自由。这是精神的自由，灵魂的自由，语言的自由。从潭口，到京城，到海口，每次义无反顾的迁徙，雁西都一次又一次获得扎根般的新生，舍弃原有的荣光，抚平旧日的创伤，焕发更新的活力、更夺目的光彩！无论是他的诗意，还是他的人生，都不断地升级、跃进。从《走出朦胧》到《世纪末梦中梦》，从《永远的鸽群》到《活着的花朵》，从《时间的河流》到《致爱神》，这一路上永恒不变的，是雁西“对世界、人性和现世至臻的向往、热爱、追求与呼应。”（秦朝晖《悦品雁西》）“还有什么比爱的海水更能让人沉醉 / 沉入你的心底感受到海的深情 / 阳光与黑暗一起荡漾着生命的奇迹。如果相信永恒 / 就相信爱和不朽的灵魂。灵魂有了归路 / 一切就有了永生的理由。”（雁西《致爱神》）难怪“诗坛四公子”之一张况盛赞雁西是爱神之子，仿佛永远年轻、长着翅膀的厄洛斯。别了近三十年未再见到过雁西，在我脑海里，他仍是那个右手紧握诗笔、左手操持弓箭的美少年。

在我看来，雁西对这世界的爱，高于任何形式，高于一切技巧。就像一条清澈的河流，只有源头，没有尽头。因而，他的情感更汪洋恣肆，他的语言更激情澎湃。作为一位宁静而伤感的诗人，“我常常感到生命之河缓缓流动，由遥远而亲近，由凄楚而欣慰，交织着复杂的情绪。把生存的焦虑渲染到无以加复的境界，怀念或回首在陌生的季节飘逝，诗在浪漫中表达一种真实与飘逸的感觉，就像一片云有时停在山巅，有时又随风而去，像海市蜃楼一样，既非虚幻，又非真实，而是介于真实与虚幻之中，这使诗有一种羽毛飘向天空的轻灵美。”（雁西《论新诗百年——用最深情的爱拥抱世界》）当今诗坛，像雁西这么纯粹、这么率真的诗人，实在太少了。

或许，雁西当年选择诗歌不过是一种偶然，但雁西今天取得的成就却是必然。获悉他与洛夫、雨弦、雷平阳共同荣获 2016 两岸诗会“桂冠诗人”后，我坚信他将伴随着诗神、爱神走得更远，写出更多传世诗作。雁西常说：“选择诗，选择自己要的生活是一件多么幸运和幸福的事。”他做到了，所以他比我们更少缺憾。对于雁西而言，诗歌是他的理想国，是他生命中最温暖、最亮丽的光。

“如果可能 让我生于你的唐朝吧 / 一起颠沛流离 称兄道弟 行走江湖 / 如果可能 让你复活现在 / 一起访贫问苦问寒问暖 笔走山川”（雁西长诗《白居易》）我也曾经梦回唐朝，写过《和李白喝酒》，写过《去了唐朝一会儿》，写过《杨贵妃》，但都是一些小情怀、小镜像。“他写白居易，何尝不是在写他自己，他简直就是白居易再世。”（北塔《雁西的爱情诗：居易诗风今犹在》）我想，雁西不是要像白居易、李隆基那样成为千古情圣，而是要成为一个真正的诗人，他呼吁诗人做“人民诗人”。“做人民的诗人是一种诗人的境界，蕴含的责任和使命是崇高的，一者其生存的思想境界超乎同代诗人；二者其诗歌创作的技巧和语言超乎同代诗人；三者其自身的命运和时代、人民的命运贴得最近。”（花语访谈雁西《诗歌应该给世界传递温暖》）雁西独具“诗人”的特质，我坚信他的诗歌将独树一帜。

目 录

像无数的玫瑰开在波涛之中　001
与诗神和爱神同行　005

辑一
致大海

序诗：大海也读这首诗　002
致大海（之一）　003
致大海（之二）　010
致大海（之三）　011
致大海（之四）　014
漂　021
岸　023
海的故事　024
日月湾，什么时候我们再见呢　026
你的眼神流露出世界最温柔的诗　029

辑二
我是你手中的玫瑰

我是谁　034
我的灵魂呢　036
我往哪里去　037

我活在你的影子中　039
好诗永不死　041
暴风雨　043
你呢？你在哪？　046
孔雀从红酒中飞来　048
是你？　051

辑三
时间会往心的方向

小雪　054
早恋　056
立冬的柿子树　057
牡丹花都开了呀　059
等着你　060
珠穆朗玛峰上的一对鹦鹉螺化石　061
致一块女神石　062
桂花香　063
海口，我就这样把你当故乡　064
印象森林　066
时间的玫瑰　068
我在骑楼老街等你　071
我经过海棠湾的时候　073
海南的灰尘都是干净的　075
时间会往心的方向　077

辑四

从此以后

月亮，时间的钟盘　080
一片向上飞翔的落叶　081
这个早晨我看见世界在对我笑　082
月亮呢躲在海里　084
你现在好吗　085
这一秒，我心疼全世界也心疼你　088
不为什么　091
到此为止　093
这样吧，挺好　094
听见花水湾早晨的鸟鸣　96
樱花温泉水面晚上的几片叶子　97
春宵一刻　98
从此以后　99

辑五

美人鱼

在海边　102
流逝　103
月光　104
桃花　105
胭脂　106

雅片香　107

沉香　108

旗袍　109

巴黎，我祈祷一场雪　110

如果没有你　111

美人鱼　113

幸福感　115

我终于遇见你　116

因为爱　118

时间　119

致女神　120

花未眠　122

辑六

世界再大也是个球

致故国　126

宇宙树　128

世外桃源　129

口香糖　131

慢性　132

再生。鲤鱼　133

海洋　134

拿鸟的男人　135

世界再大也是个球　136

手机病　138

画中人　139
春天在这片叶子中　141
在世界的每一天都爱你　142
给这个世界一点暖　144

辑七

凤凰在唱

母亲　148
父亲　150
安魂曲（组诗）　151
献词　151
今夜的月亮掉在故乡池塘里　152
灵堂中的灯，昭示母亲回家的路　154
听见墓歌，是一只凤凰在唱　156
时间停摆之后，没有声音　158
你是秋日稻田金黄的谷穗　159
每一滴泪，都是心在哭泣　161
敲门声，像每个人的心跳　162
像我们的天空，星光赋予了一切　163
为什么是你？雪　164
挽歌　165
一滴水　166
乡愁　168
江南　170

你的名字在花朵之中　172
池孜坑　173
故乡，在任何时候都最亲　174

辑八

你不再是时间的人质

致李清照　178
致黄公望　181
致王羲之　182
致郑和　183
致林徽因　185
致席慕蓉　187
致罗门　188
致余光中先生　190
海子自白　191
海子，我不会做你这样的诗人　193
致帕斯捷尔纳克　195
致莫扎特　197
致普希金　198
致博尔赫斯　199
致凡·高　200
致聂鲁达　202
致波德莱尔　204
致石黑一雄　206

致鲍勃·迪伦　207
致星云大师　210
面具　212
像晨雾一样亲吻这个世界　213

辑九

东坡海南

东坡海南（组诗）　216
苏东坡：我的海南日记　216
月光，读懂了你背上的诗行　219
时间，你可不可以可慢些　220
说实话，我不想走你走过的路　221
像蜻蜓，轻轻地飞过池塘　223
我和你轻轻一蹴，世界碎了　225
依然轻轻地告诉这个世界我爱　227
像雪霜一样，这冷白的头发呀　229
情人，在理想国渐渐远去　230
一夜时光却用尽了一生的时光　232
南山，有一座尘世的无忧花园　234
你站在时间之门，有星空的夜晚　236
千朵万朵花开的声音，在念你的名字　237
空寂的春夏秋天，究竟可以留下什么　238
仰望的月亮，是那个深爱的女子　239
名和利，像一片羽毛轻而又轻　240

离开时的路和来时的路，同一路　241
在心灵与真情间飞翔　242
“启明者”　251

辑一

致大海

序诗：大海也读这首诗

这首诗，写完之后
像镜子，将日记一一公开
我的秘密，全世界
每一个人都会知道
某扇门，现在关上了
仿佛站在末日的黄昏
不，不，我不甘心
也不相信无可救药

在我诗中，一定有一首
躲过了死神
站在你的门前
这首诗
有密码
只要轻轻地一个个字
念下去，你便会
再次爱上我

致大海（之一）

1

阅读你，就像是看你在舞蹈
又像是看你打开通向海的门
更像是阅读你的心。多少次我在梦里
梦见你
等不到你的消息，今夜宁静的夜
有一缕月光，穿过了黑色的思念
北方的海和南边的红豆，记录了
爱的回忆

2

你总在千里之外，星光微弱
总能将我照亮，怎么能抵达你的天堂
夜中孤零零
总是一个人在等另一个人呵
我知道你说对不起不是想伤害我
但却比任何剑伤我伤得重呵
如果可能我也愿把心事放进海里
等你回来的时候
你会看见另一个神奇，另一个我

3

穿过空寂的黑夜和距离，我也来到
海边
可你已经走远，你在梦里，为什么
天地间有一种东西，会让你的心
疼痛
那海面浮动的鱼群，是我写给
你的诗句吗，但她们为何如此
陌生

4

海面上跳动的浪花是
你的泪水吧，海面上层层波涛是
你的微笑吧
你已经离去，阳光照亮了沙滩
多想和你一样久久凝视这片海
就像是阅读你的心情，想象着
往日的时光和梦。静静品味
过往的风寒和甜美，静静地等待
阳光穿过黑夜
静静地等待春暖花开

静静地等待生命不朽

5

你抑制不住的泪水，从脚下的
沙中渗入海中
一缕星光，一只海贝
曾经怎样地让你仰望和
哭泣
一点一点地将血流进海里
你要去的地方悲伤正覆盖着
世界呵
梦想变成碎片的时候
会带来一场彻底昏迷，和一道
深谷的黑暗
而琥珀，会变成奇丽的花朵

6

一场雪落在海上的时候
在冬天，表达了清澈的语言

而我的心上，泻满了早晨的阳光
你是无数个夜晚的海潮
在梦里，一次次清洗我的记忆
你思念一样一遍遍分分秒秒缠绕
这是早晨六点钟的海边
阳光从海面，从窗口叫醒了我
望望窗外百米之近的波光
就像你的歌声穿过我的黑发
我的手
这些金色灿烂的水，来来回回
反反复复碾碎我的春天，我的梦呀
阳光照来，想此刻的你在温暖的
被窝之中
是否一同在海风的呼唤声中
醒来
一声阳光与海水的相遇
使得这个早晨的爱情一览无余呵

7

早晨孤独一人，走向你

在徘徊中等待和忍受
其实，命运在大海的面前微不足道
想到了你也就想到了忧伤
雪后的风霜停在时间的皱纹里
不断地刺痛我的情感和爱呵
海水呀，来得猛烈，我望着你
望着阳光，没有流泪
披着月光和黑夜一同来临的影子也是你

8

梦又一次碎了，心已不知道
什么叫痛了，我懂得海的语言
所有的海水并不都是我的泪
剩余的是我献给你的
诗篇
爱一个人不应该说对不起
爱是深海里沉默的鱼
海可以容下两条并不相爱的鱼
最好的时光，浮在海面上，穿行于
天地间的那只

海鸥，像是在告诉我什么
在预示着未来的一切
放弃，不一定就是失去，放弃
一滴水，得到的是一片海

9

静静地，静静地停下来，静静地
听听海风的语言吧
来自远方深处的歌声，来自心海的
消息
每滴海水都是文字
重叠一起组成了爱的诗篇
一样的深情，一样的爱恋
一样的寂寞，一样的燃烧
就这样吧，和阳光一同来临
一一照耀，温暖每一个角落

10

这片海经历了时间的沧桑，我不想

看见你伤心的样子
在层层蓝色的涟漪之上
你的心愿漂向天边
我能找到通向大海的心脏之路，却
找不到通向你心脏之路
海呵，当我要转身离去的时候
我才忽然明白，其实，你的心脏，
是海的一部分，你和她一起跳动
如果可能我愿是这片海，也成为心脏的
一部分，和你的心脏一起跳动

致大海（之二）

今夜我和你在一起，睡在离你
最近的地方。你的呼吸和语言
通过青蓝的图式传递
我长长地凝视你，你和天地
连在一起。千年的等待和流动
像是为了时间的永恒
我看清了你的模样，你是最美的
女神。海面像一面镜子
阳光撒在上面，金光灿灿分不清彼此
光明， 虚幻变得真实
藏在夜色深处，隐去了你美丽的面容
涨潮的时候冲动，激情，奔腾
你像是舞蹈的女王，在爱的呼唤中
奔泻，一次次地席卷，一首首抒情诗的
吟唱。你会忘记自己的名字
也会忘记天在你的头顶
有时想，温情的你一定是泪水的会合
忧伤的，咸咸的，沉浸之后的宽容
所有的苦难和不幸，在你的眼里
算不了什么，世间的万物
都在你的心中起起伏伏

致大海（之三）

1

我是海的女儿
也是那条橘黄色跃动的鱼

不顾一切，穿过时间
不被尘世所惑

心脏和步伐一起加快
追赶错失的缘分

我奔向你，奔向自由
辽阔，和幸福

又回来了
世上你最好

是的，我爱你
还是爱你

2

这旋律

唤醒了海，唤醒了风
唤醒了沙滩
唤醒了爱，我想清楚了
我决定了，爱你，在世上只爱你
什么也挡不住
死神，靠边站吧
乖乖地看着我，请为我鼓掌
我要活出无人可比的精彩

3

踩着浪花
浪花也在唱歌
一滴水也会感动世界

奔向你，无穷无尽的
光亮
妈妈，父亲也在的地方
冰雪消融的地方，你轻轻张开
双臂的地方。蓝天，碧水，沙滩
你在等待的地方，爱情藏身的地方

朝着春天的手，奔向你
直到被你淹没

4

诗神引领我与你一起奔跑
在乡村，我看见了海
看见了从未见过的你

三月的桃花和春风
也在谈论爱情
怎么向你说呢
命运，对于每个人都不一样
却又都一样
看你是否把握
把握某刻突临的光芒
哪怕只一点点
或一瞬间
都可以跑出黑暗
跑出海啸的追踪
从而，拥有想要的幸福

致大海（之四）

1

我该怎样才能挽留你
我怎样才能向你倾诉出人世间的爱
科尔沁草原上的蝴蝶，我的爱
以为是最后
永生的爱，没想到这么快也要化
像一场刚落的小雪
河边，海边，月下
海枯石烂又能如何
心如铁，针扎在我的心上
血流如泉，你一点也不心疼？
分手的时候，你像一块磐石
快刀斩乱麻
麻得我生不如死
我的梦，我的爱
又一次美好而幻灭
谁能告诉我为什么
草原上的星空，我祈祷你继续闪烁
多么明亮的一个，特别的夜晚
我忍不住哭了
泪流入海中，风没看见？！
今夜的失落，因为你的宣判

2

空气也无可奈何
蝴蝶从十二月落入一月
在空气中飞舞的，雪花
春天掉头离去了
我怎么样才能将你挽留
我奄奄一息
我的孤独不再有你问安
我的酒杯，从此碎裂
杯子里的月光，也碎了
那个你我共有的月亮
也裂了，不悲不喜怎么啦
怎么了呢
有什么可以天长地久？如此脆弱
丛林中
风送来了你的冷漠与无情
把海边的潮汐和成都的夜色吹散
那片墙上的马曾经见证
穿过宽窄巷子的时候
我们究竟有多么快乐
多么相爱
是世界最幸福的人
琴弦，不，是陶笛吹响吧

一夜之间，变了
你也经不起时间
我也经不起时间
世间本无永恒？
尤其是爱，爱过，失去，再爱
像走马灯一般。不，我不要这样

3

我对父母说过渴望
渴望像他们一样相爱一生
在离去的时候
可以像母亲拉着父亲的手
别怕，你的儿女们在
我在，你要坚持呀
啊，南海之海，西岸之岸
寂静的花园，仿佛死神降临
不，我不需要，我还需要你
需要与你完成诺言
不是约好了吗
一起去九寨看看我写的情书

去云南西双版纳骑骑大象
去丽江装着彼此不认识盛装约会
还有西藏，让神来庇佑我们
点亮的油灯
光明引导生命的方向
世上有你
世上有我
多么多么美好

4

真的，转眼之间
也要散去，离去
这世上，我还可以
相信谁，去爱谁
被我的忧郁与幻想
幻觉，仿佛千万只白鹭
飞了过来
从伊甸园，从西昌邛海飞来
从云南滇池飞来
不，也许从红树林

仿佛被确认了
在花开的瞬间，在起风的一刻
我听到了什么
天与地的私语？
山与水的默契？
树与树
万物与万物
心与心的回响

5

不，不要那么小气
如果爱，请像海
该流逝的不留
该来的不挡
远方和诗
草原和星星
都在见证与等待
不，不要那么伤心
一切都会有她的方向
对于她，不挽留才是挽留

对着海，向着北方
我爱，依然爱
你不爱，我也还爱
玫瑰，至纯的玫瑰
99 朵玫瑰
都献给春天
献给你
我自己，不留一朵！

6

哦，可以的
我有回忆
在日记里
够的，够今生的
没有什么神秘
不必再向谁诉说
我清楚，我爱你
尽管你说决定了
放弃爱
我懂，也不怪

给我的已经够了
所以你不爱了
我却还要爱
爱你
爱这片你我共有的大海
并轻念你的名字
说声谢谢
但永不说再见

7

彼此的好
我们都装在心里
你我之间
唯一收不回的是心
如果这世上没有永恒的爱
我就选择给你永恒的祝福吧

漂

在靠近最北的地方，有个好听的名字
科尔沁草原，草原上空的星星
春天札根在这里，万紫千红
孝庄，不仅仅她
在这里找到了爱情草和爱情鸟

在唱过之后，醉酒之后
千遍万遍的亲吻像三亚湾的海水
夜以继日地亲吻沙滩
呢喃之声，咆哮之声
一北一南没有了地域和时间
不同的月亮下，同样的你和我

那叶风帆，就是你今晚的飞翔
飞离了太阳，飞向了月亮
我们选择靠近，称之前世的兄妹
我坐在黄昏的沙滩等你
过往的人群都是在等待
其实有等待的人是幸福的
时间消失太快，爱消逝太快
飞越。抵达。拥抱

在海边，海水紧紧追着你和我
只剩下呼吸，和轻声的呢喃
永恒生命的颜色啊召唤我
而你我的灵魂在海上漂也在海底沉睡

岸

是谁负了你呢，誓言
被桃花，被风吹开了，被妖言
惑迷了神智，向风的方向
经过千年不能还原吗

雪山。瀑布。
冰河。钻石
宝藏之门，小庙藏大宝，
一切皆空，只是短暂拥有，海
沉没了秘密，回头是
岸，岸在等你

回来吧，家在呢
我的生命除了爱你，还是
爱你
岸，就是你我的家

海的故事

刚来就又想走
我曾深爱的北方，你不再是
我的牵挂，我的思念。不再让我
在途中存有你的体温，不再有
你动人的笑靥
很多时候，看着雾霾
我的心在痛，在慢慢结冰
就连回家的路在夜里也被隐去
亲爱的，我的北方
可能我已经不再爱你
我想说，还是你到南方来
我在海南，等你。说实话
是我已经移情别恋
爱上这片海，蔚蓝，湛蓝
蓝得海天不分。不想回北方
北方雾霾，冷得风中抖缩
冷得心也巴凉巴凉的
来吧，就在海南
海南的温度，会温暖你
在这里一起看海
一起听海的故事

看看彼此不再年轻的脸，这里
有你的天，也有值得
你爱的人，你一定会像我
一样爱上这片海

日月湾，什么时候我们再见呢

日月湾，什么时候我们再见呢
因为这片海，就爱上了

一切变得美好了，你在千堆雪之中。月亮在潮声中
睡去。太阳也在微醒中，不肯出来。雪花在涌潮中

我来陪伴你，你在哪我在哪
你的一举一动，让我难以

自拔。蜡烛亮着，打开窗，你依然还在海边
我哭了，明白了，你是世界最美的人

爱，宠坏了你。我从来不忍心拒绝你，如果你约，我定来

夜中的温柔，在包围我，在包围你
窗外，这里不下雪，为什么我却感到在飘雪

这海市蜃楼，罗密欧和朱丽叶也哭了，爱情，在阳光下
渐渐化去，七彩中的瞬间，成了永恒。却无影无踪
这是王子的游戏吗，不，王子从来不需要游戏
不要以为，不要以为谁都可以戏弄人生，不，不可以

给了什么希望，也只是希望，被仰望的月亮

不只照亮了我，也照亮了很多人
日月湾，什么时候我们再见呢

空气，太阳，海水，礁石，绿叶
不仅仅是回忆，应该在慢慢埋葬

正在梦中要吻的时候，醒了，谢谢，想起了绿叶
那片叶子，那片含着祝福的，在鼻子上的诗句

爱情如果要走，就是哭瞎了你眼睛也设用
普希金说，假如生活欺骗了你，劝过

很多人，也包括你，不要心如死灰
不要伤透了心，日子还是要继续，像叶子落了再绿
如果你真心爱过我，我也真心爱过你
什么时候捉螃蟹，什么时候再见都没有关系

因为我知道这个世上还有你
日月湾呀日月湾，就是不可以再也见不到你

爱情宣言，越过千山万水。拉你手
奔跑的时候，海潮在追着你跑

落叶在哗哗地落，浪花在席卷着我们的，光光的脚
快乐呀，此刻，我却看见女神站在海之右，望远，抚爱一切

日月湾，什么时候我们再见呢

你的眼神流露出世界最温柔的诗

如果这些浪花是微笑
我在想，大海在这里等谁，在等太阳
还是在等月亮，不，不需要等，这里就是
日月湾。太阳，月亮经常在这里沐浴
这是他和她度假的地方
那么这些浪花在等谁，微笑在迎接谁
我久久地凝视这片海，一片寂静
原汁原味的海

湛蓝，清澈，远离尘世，她不在等谁
她在修行，她不想普度众生
她的微笑，只是在向天地问好
只是在对到这里来过的人
包括光脚轻踏沙滩的我，打个招呼而已
能够活着，真好，能够在这里活着，真好
能够彼此相遇，真好
世人，总在时间中度测自己，总在瞻前顾后中
为难自己
何不像这日月湾的浪，读着一首诗
向一切微笑，无须证明什么
我在沙滩上来回行走，光光的脚踩着海浪

和细沙
时而往海的深处，时而捧起
一把细沙，时而用脚
在沙滩上划来划去，这一刻，我想到了
你，很多年前的你，我们同样在海边
望着海，用手在沙滩上划下一个字：
爱
然后我们彼此会心地笑了，彼此的
手紧紧握在了一起

尽管那个爱字很快被潮水冲去，在我的心里
那个爱字还在
清晰地刻在我的青青里，我想你也是一样
在生命的某一页一定可以找到
可是，今天我脚，我的手，却不敢划出
这个字
妈祖啊，我相信有你，
人们雕出你的模样向着海的方向
日光下可以看到你， 月光下可以看到你，
微风中，一切语言显得多余
我站在你的身边，你比我

高出很多
我只能抬头望你，怀着一份敬仰，我想神应该
比人高，神应该无处不在
神的心自然也比人宽
被你庇佑，一个女神庇佑很幸福
这个端午节，我站在你身旁 ，朝着你
看海的方向，远方啊远方
直到星光从天上落下来

……

是！你看见了整个大海，你也看透了
尘世
幸福的声音，海潮一次次卷来
你的沉默在祈祷，过往的风暴，海啸
过往的信男信女，你都记下了
心灵的歌唱，多么神奇！哦，多么宁静！
大海在微笑，你在微笑，我记住了
你的眼神，流露出世界上最温柔的诗

辑二

我是你手中的玫瑰

我是谁

我是谁，我
会在一束光中闪烁，我是海南
香水湾一号
海边的雕塑，和那些飞翔的鸟

在老家，我遇见了我，老屋的
大树
我正爬树，捣鸟蛋
听见母鸟在哭，声音像母亲在喊
我的名字

太阳落下，我的手
异常兴奋，摸到一条蛇，不是蛋
她先于我，已将蛋吞下，不，不是蛋
是月亮

时间在涂改我的指纹，和
脸。像月亮阴晴圆缺，我就是
那轮月亮，苏东坡举杯邀过的那轮
月亮
不，不是月亮，我是苏东坡

苏东坡才是月亮

比如照片，声音，诗歌
星光灿烂的夜，我是其中一颗星
或许最亮，或许最暗，或许不发亮
最远的那颗

是的，我可能是你
是落叶，是风，是雨，是河流
是时间流过的，看不见
痕迹的

我是谁，我是羽毛，也是翅膀
也正在变成石头。我是情人节
我是你手中的
玫瑰

我的灵魂呢

为何追忆？在逝去的时光
那群美少女中，最出色的那位
万红丛中的那抹绿。是你呀
我曾经最亲爱的，像幻影一瞬间
雕刻在墙上。怎么也抹不去
我经历了山的变位，川的漂移
地的摇晃，屋的炸裂
以及不能言说的改变。回过头
再来追忆，发现你还在那里
怀着春天，希望，理想和爱
你跑在时间的前面，那些世俗
名誉，金钱没能打动你。你坚信
总有一些东西不能放弃，我懂
我今天才懂。再一次将手伸向你
我曾擦肩的爱神，这一回
我将唯一而深深将回忆
和灵魂留给你

我往哪里去

我往哪里去
我正往海南陵水去，往钻石
海岸去。往明星看海，跑步，深
呼吸的
地方去。钻石，明星，光在闪
我往光的方向去

我往哪里去
我往风的方向去
路标，指向珊瑚宫，时间在
摇摆。木棉花在笑
鱼排。海韵。迷你高尔夫
椰树，别墅。后花园
紫荆花说，每次看海都特舒服
凤凰花说，每一次看海
都不一样
海在说，每一次想我就读诗
海还说，再往前就到怀里了
我往哪里去
我往春天，往芬芳去，我和情人
换花去。我往湛蓝去，往深处

和鱼儿们聊天去。往三角梅的
盛宴，赏灯，闻香
你追我赶。
靠上去，就能爱
刹那之爱，也永恒之爱

我往哪里去
我往光的方向去，往风的方向去
往春的方向去，我往海的方向去
我前世是鱼，我回故乡去

我活在你的影子中

人生如镜，镜在西湖上面
面具，盖住了你的脸，掩盖着时间，眼睛
突然发出星光
看见最爱的人就在对面，微笑，斗转星移
转眼间，你已陌生

周围没有一个人认识你
你的样子，没有人见过吗
诗，面具，神的脸，哪些飞翔的，狰狞的
尸蛾，在找你，她们听说不死之术的
秘诀
在你手里，我想告诉你
当我决定放弃的时候，有多难

一千年再生，再见，过去的
一切
而我在任何时间，任何地方认出你
你的面具
掩不住你的真容
我从你的诗中看见了
我的亲人，他们那么爱我，而我的怀念

真的是这样

当你老了，不愿
再看世界一眼。手指
一遍一遍揩着眼角，忍不住的泪
还有亲人，终会有一天
你说什么呢，清清白白，也会被谣言染黑
那么几天
什么都没有，活在你的影子中，在你眼里
与你走到最后

好诗永不死

思念，在思念，读你的诗，天授诗人
时空木偶，弹琴，泪为红颜
红颜为泪，为坟中的公主。水中月，无关
紧要的存在
复活，全复活，被迷幻麻木，没有
拆不开的谜
永生的秘诀，闪电击通

遥望远处，海天相交，紧握你的手
摇呵摇
一艘船上开满了百合，该是说再见。总有
些记忆无所谓
那些鬼出没在恐怖山谷，如果没有永生
你争什么
在世上只要两样东西，有诗有爱

你的诗，我的诗，在暧昧的夜
拉上了天幕，你到底存在不存在，我将来
存不存在？
一杯红酒，白白等了一生
而另一杯红酒，见证了一个诗人的一生

千军万马，千年万载

除了钱
比钱更重要是命，比命更重要是爱
忘掉记忆，开始和结束
诗中的爱，一种力量，救一人
救了一个世界
真爱永生，好诗永不死

暴风雨

暴风雨来了

一潮一潮地涌动，一遍一遍地
冲洗。一波一波地抚慰，一天一天地
致意。我们怀着幻境，不可思议
梦想随风而来，又随风而逝

今天又随潮而归
这个季节将失去什么，将留下什么
我们究竟该做些什么
你说答案就在风中，我说答案就在海里

在风中，在海里，我们终将重逢
西方，东方
你还想让我们怎么忧伤
没有什么可以，再没有什么

暴风雨来了

我们将挽回眼泪和雪花
失去的记忆，时光和爱情
秋天时分，花朵盛开，果实摇摇欲坠
疯狂的草丛和叶子上的露痕

无数的鸟儿飞过树林，飞过山冈
一群美的少女正走过沙滩，奔向海
不再回头，奔向阳光出来的方向
一切美好正在前面等着，等着喊叫

不会轻易让你离去，很妙，一起看海
我真的爱你，海鸟飞得很高
蓝色的梦，从海底来，是一条美人鱼
一条长得像你。我看见海面露着你笑容

暴风雨来了

无数闪亮的浪花。水珠。钻石
你不要以为我不在日月湾
离开，是为了更快回来，为不再离开
想起来了，一千年之前见过你，在一张名画上

看见你怀抱沙粒，双目微开，望向远方
在不远处护花使者微笑着，悠然的安定
沁绿的树枝，裸露的肌肤，静穆的山庄
那片背后蓝，怎么会是风暴的前奏呢

窗外暴风在呼啸，雨在开始大哭
啊，树枝在折断，水满盖了通道
美丽也会被损害，也可一夜之间化为乌有
我所看见的却是神秘而友好的微笑

暴风雨来了
我们还能怕什么

你呢？你在哪？

这是一个清晨，六点零三分，
我打开手机，看见了画面美轮美奂，
像女神穿过了时间的水域
仿佛远在北方的你，在睡梦中甜蜜的你

我听到了一个声音：我把我整个生命
放在里面。又仿佛是来自另一个世界的我
我是谁，我在世界究竟需要什么
你是谁，你在世界究竟需要什么

那回眸注视深情有些调皮的你
柿子，微笑，橙色的空间，在脸上轻轻描绘
云中的面具，与遮掩的脸庞，裸露的山峰
你躺下的时候，望着天空，当然也是我

我们彼此究竟需要什么
可是你不在身边，我又想象你就在身边
仿佛你刚刚离去一秒，可其实你离去有些时日
尽管我们老在相约，又老在时时改变
我不知道这样的时光还需要多久？
窗的一角撕碎之后，风吹了进来。

是的，一定会有什么让等待心绪不宁
看着镜子，仿佛自己的身体在被什么消磨

那些被撕碎的面积在扩大，也伤害到灵魂
坐在被设计的位置，苹果垂掉下来
我身体的一部分开始出现了裂痕，我双手
把持着没有玻璃的窗户，透明的一切，让你看见

我的忧伤和思念，像海一样从未停息
我再也不敢看时钟，仿佛嘀嗒声中哀老的是你
我只有脱去一切，抛弃一切，奔向大海
好吧，我把我整个生命放在里面，你呢，你在哪？

孔雀从红酒中飞来

像一阵微风掀开了河岸
像一个梦奔向了彼岸，像一朵花
突然绽开，我的楼兰呢，我亲爱的
你，你要去哪里？你究竟在找什么

穿过了火焰，雨下了起来
泪也慢慢流进了
沙丘，骆驼走过之后
废墟上的遗迹，你是否曾经来过

刚刚离去奔向高处，向海市蜃楼
孔雀从红酒中飞来，万里无云
向缥缈的仙境，你似乎并不存在
你却又存在我的体内开花

不世的忧伤，前尘遗珠
你在寻找，究竟在寻找什么
路上的花香，七里香，也有柠檬
橘子皮，菠萝的味道，酒后的雨
也有了香味
远望，披头巾，飞翔的翅膀

在沙漠中的红线，引我，牵向
另一个世界深处，你在吗
时间的车轮，碾碎了爱情

两朵玫瑰，像两杯白葡萄酒
不，两滴红酒靠在一起，像一串
葡萄相亲相爱，在召唤千朵万朵
只为寻找到那一朵藏着生死符

就要结束了，可一切刚刚开始
云在飘，心像一片羽毛
躺在你的怀里，倾听大地的节奏
你的心跳，来自一条山脉里的山谷

从天池看到你出浴时的
翠绿和娇滴，魂兮呵风中摇晃
肌肤一直亮到月亮
一个人的时候，全世界都是你

绿洲是你，沙粒是你，阳光的
影子是你，我只有走遍全世界，

才能看清你的模样，我只有找到你
才能看清全世界的模样

对我而言，你是蝴蝶仙女
一颗长生不老的葡萄树，在深山老林
在天宇尽头，在星星出没的河流
全世界是你，你就是全世界

比玫瑰，比生命更重要
孔雀从红酒中飞来，摇身一变，是你

是你？

是你？
为什么会是你，雪在下，鹅毛，火把
通向死亡的道路

漆黑一片，没关系，有你的手
深处有光，墙面有文字
未知的文明，一只蝴蝶，不，一只蝙蝠

那些千年的殉葬，有天国的秘密
我仿佛来过，想起了，是和你
看见妖了，亿只亿层蝙蝠
咬一口，人化了，天变了

雪崩，我只有抱着你
我和你活了下来，第一次看见
却似曾相识，最后一次见面
彼此不认识，像从未见过

你变成了蝴蝶，我变成了蝙蝠
像隔世的情人，只会有彼此的想念
从前的样子，如今你我站在眼前

被妖改变了模样
我认不出你，你也认不出我
你不知道，天已经破解
解开了阴间最黑暗的死符

但是真爱，如同日月光辉
她无意记录了这一切的秘密
是你？就是你

辑三

时间会往心的方向

小雪

小雪。天冷了下来
果然下着小雪，还有些雨滴
记得你的名字也叫小雪
离春天有段不远不近的距离
你究竟飘了多长时间？
一年，二年，千年
谁清楚？没有人过问这些

可是，我要问
为什么叫小雪？这么美的名字
看着你成片地飞落
我端着酒杯，打开门
让你落入杯中
与我同醉，不冷了吧
可是你化了
我害了你

小雪，关于你
还是冷些好
一暖，你便走了
小雪，一个节气的名字

也是你的名字
以你的名字命名
多好听呀
每年的这一天，小雪
我想你

早恋

像两颗青涩的枣
在早晨的阳光下，叶尖上露珠的纯洁
我们一起伸出手，随风舞蹈，亮亮嗓子
我们还太小，我不能爱呀，你不能爱呀
但可以喜欢，像青梅竹马
等长大，叶子落了又落
枣子熟了又熟
我一个人回来
你一定还在，还那样
而你一个人回来
我一定还在，还那样

立冬的柿子树

所有的叶子都落去了
秋天也离去了
干净的树枝只留下你了
你早已熟透，橘黄，橙浓，柔软
好像也快掉了
但你在坚持
你在等谁？等谁摘？
我可以伸手就摘下你
但我不能
我知道你在等谁
约好了，由她来摘
你冻得在叫她的名字
她来了，你才心安
望着你望穿秋水的样子
告诉你吧
再等几天，她跟我说了
她听见了你叫她的名字
马上来，她在马上了
继续等吧，小心风，尤其大风
我也在等
大约在冬季，冬来了

她来了
不管再冷
你我心就暖了

牡丹花都开了呀

人间冷暖，
尽在缥缈云端之间，浏河上的船帆
听见了，挥手点鼓，
抽袖声泣
过了水云间，牡丹花都开了呀

也许我和你
前世
也有过牡丹亭的
泪，清澈的浏河，看尽牡丹花在落

怎么转身？
怎么相忘？顷刻间，不忍离去
一切在水中荡漾，无须言语

出航，向前
躲烟雨，躲冷箭
有你同行，又有何愁？再不回头

爱情怎么可能死去？
你在，我在，爱情就会活着

等着你

哎，真的到了天凉好个秋
冬天趴在窗口等着

躺在沙发，望着天花板
看见春天贴在上面，还有千万朵花

正慢慢地开着，一张张你的脸哪
我想象中的你也在想我，哼着歌

坐在壁炉旁边
我记得清楚，你和柿子的影像

我吻过之后你也吻
或是脸贴着，咔嚓照一张相

开心的，嘴唇有些粉
像蜜蜂叮过的蜜

挺好的，继续等着
你这只科尔沁草原的蝴蝶

你也在等吗

珠穆朗玛峰上的一对鹦鹉螺化石

你俩合在一起的时候，像天地合在一起
没有白昼和夜晚
也没有时间的痕迹，更谈不上爱情
而打开的一刹那，便发现
亿年之前，你俩曾深深爱过
在最后一刻，相拥而去
生死永恒，无须告别
望着石板上的你俩，紧紧拥抱
死不瞑目，微笑的纹路
爱过无悔，又有多少人可以？
化石，凝固了秋天的黄昏
我知道，这里曾是最低最低的大海
你俩的世界无边无际
而今天却是最高最高的山峰上
珠穆朗玛峰遇见了你俩
低与高，爱与恨应该怎样丈量？
今天是九九重阳，登高？
高曾在低处，低处曾是高处
高低在心，在时间流逝之后

致一块女神石

龙图石，当横放在咖啡旁边的时候，
这就是你的样子？
不，当我侧放的时候
你的形象像一个飘带被风吹起的
女神。我看见了你头顶的蓝天
脚下的云彩
还看见了美人鱼的鱼尾
且不说太多，这种神奇从高峰
从亿年之后
在启示一切未知的
巧合或必然，唯有神秘诗境
但你坐在这里，等谁？
就是为了你我的这一刻相遇
我想说：别悄悄地流泪
我已经为你准备了一片海
哭吧，为你我的再次重逢
这片海，足于盛下你全部的泪

桂花香

女儿红喝完之后
坐在院庭的中间，如神般光泽
一张张照片，油画般
有人在舞蹈，有人在歌唱
敲着手鼓，呼唤青蛇，忆那眸子的星光
“我们一起闻桂花香”，都靠近桂花树
越近越香。这些桂花
这般温柔的缠绵，这些不用写的诗
一起闻到的
不一样的秋，秋的醉意
这世界，我们来过，和桂花爱过
我们相信，这一夜的桂花从天上来
而我们在月宫中
看见了月兔与嫦娥
这人间的滋味，如这桂花浓烈
谁能不爱

海口，我就这样把你当故乡

我一次一次，与你握手
在西海岸，对着大海反复
诉说。我想要的彼岸是脚下
也是远方。我不要漂泊和徘徊
靠在你的胸前，有无尽的
温暖

头顶上的阳光，是父亲的目光
头顶上的月光，是母亲的目光
我有时也会用酒来浇愁
但从未破灭的希望总会随帆出航
我看见满街的椰树在向我
招手。就像对游子归来亲切
问候

台风，一次次，从玻璃窗看见我
我有时也会像他一样疯狂
我的青春在这座城市流逝
也在这座城市渐渐坚强
我掉眼泪的时候不让人看见
在我孤独的时候，你将我轻轻

拥抱

和你在一起的时光越多
就知道你的自由有多广阔
骑楼老街开着时间的玫瑰
红树林中的鸟唱着自由的歌
亲吻沙滩的赤脚不分本地和外地
海口我记住的不只是海
还有那道夕阳般的
口红

每天开车经过世纪大桥
我发现海开心地在笑
你也开心地在笑
而我也忍不住想笑
海口，我就这样爱上你
我就这样把你当故乡

印象森林

鸟鸣，叫醒了整个早晨
白雪公主，还在梦中
揉揉眼睛，已经在春天的嫩芽里
整个森林在唱歌了，一切都苏醒了

深呼吸，我就这样沉浸在幸福里
而清风，在念着每棵树的名字
椰树。槟榔。芒果。木瓜。
尤其是菠萝蜜，腹中写满了情书
甜蜜，谁吃了谁就会遇见梦中情人

印象中的森林
有一双深邃的眼睛，有一颗与世
无争的心，静穆。长久。歌声。分享
不一样的时间，不一样的爱
你是我要回去的梦，森林呵森林

在这里相遇或者相见，是天定缘分
让我们逃离城市，回到森林
留一块泥土可以踩
留一块菜地，可以看见生长

无条件地被绿色拥抱
回到森林，就是回到家

时间的玫瑰

——写给海口骑楼老街

看见你第一眼的时候，会想到时间
沧桑，无数过往的时间，斑斑驳驳
停在你的脸上，像一个饱经风霜的
老人，从从容容，心却依然年轻
在你的眼前，时间在回望
像盛开的玫瑰，依然感受你的
体温，和你对这个世界深深地眷恋

你的故事写在你的神秘里
你的传奇写在今夜的月光里
我走过你的老街，像风一样抚摸
你一缕缕有过的白发和乡愁
触摸到岁月中，沉淀的思念

有一种爱的力量在呼唤
每一秒爱过的时光，又一一走来
就连空中飘落的一些雨，都在亲切地
呼唤，哦，你在哪里，你究竟在哪里
望着窗台上无数娇艳的花朵
每一朵浓浓的色彩像你的口红
涂在唇上，被亲过之后，有了火

有了永不相忘的印痕，我知道
从此，你我，会有绵绵不绝的想念
就好比这一刻依然春心荡漾，怀着
妙不可言，没有人知道，可心里清楚
这一生你是我的思念，而我当然也同样

是你的思念，这浓浓的思念
在红唇的烈焰中越燃越旺，不可以
在夜中的梦中没有你，像盛开的玫瑰
不需说什么，我知道，思念是因为你
想象着在南洋，在一条条飘摇的船上
一船船思念，在风的吹拂下，流向的城市
被雨一浇，落在你的头顶
这样吧，我心安，也幸福满满地哈

这一定会是生命快乐时光
在与不在都可以分享彼此
冬天就要来临了，你不要感到被冷落
我们已经在一起了，紧紧拥抱
一起记住，一起欢庆吧，这旧时光曾有过
的美好

这割不断的思念，我的时间玫瑰
我的骑楼老街呀，我千丝万缕的爱
我的骑楼上空高高悬挂的明月呀

我在骑楼老街等你

这场暴雨哗啦啦地，我在骑楼老街等你
你怕雨吗
雨伞下模糊行走的幻影是你吗

你记住了我们的约会
如时赶赴，多少人来过走了又再来
你来过了，也一定会再来

惦记一些事，一些人
美好，每个人都不会轻易删除
此间雕像、油画、古董、黄花梨、沉香

每个来海口旅游的人
到了骑楼老街，在自在咖啡自在
在国新书苑看书，尝美食，街上逛逛

走过很多地方，便知道这个地方的
与众不同，看见你的脸
仿佛阅读自己的人生日记

很多人经过，没有留下什么

天空的云换了，千朵万朵，拉着你的手
祝福这尘世过往的一些美

阳台上的三角梅
看着这一切，关注人类的命运
忽视自己的存在。我在骑楼老街等你

我经过海棠湾的时候

我经过海棠湾的时候，我想到了
你，想到了爱情
想象一棵海棠树，满树的海棠
花开了，你就站在
树边，向我微笑。当然这只是
想象，海的一个梦语

往三亚回的路上
凤凰花开。山岭中的红色
透着金黄，她张开双臂，拥抱
午后的阳光
我望了她一眼，想到了你 。仔细
一看，发现真的是你

你怎么也在这里，你怎么
到处都有你
当我惊讶的时候，你悄然无影
你一定藏在树叶之中
藏在森林之中，在云霞之中

一见钟情之后，你的口红

像海棠花 ，也像凤凰花
多么希望海棠湾的日子
东边开着海棠花，西边也开着
凤凰花
你来，我来，就在这里相爱

海南的灰尘都是干净的

森林，从来都是深不可测
十二月，冷空气难于将海南吹冷

什么在开？桂花在开，玫瑰也在开
谁信，我信，亲眼所见

在阳光的暖日下，发现植物语言
发现灰尘是干净的

在海南，无论是空气，环境，爱情
人的心都是干净的

比如苏东坡
比如海瑞，比如黄道婆，比如本地人

比如火山口，比如文峰，比如红树林
比如万绿园

比如福山咖啡，比如大海
再比如眼前的鸳鸯茉莉的颜色
比如越来越多的外地人

爱上了这里之后，把家搬了过来

流逝的时间，突然明白了
来吧，来海南

一条理由就足够了
海南的灰尘都是干净的

时间会往心的方向

越来越多的时间生气流走
你我如此不在乎

不在乎这引领死亡之路的疼痛
仿佛没有看见吗

北方和南方相隔这么遥远
彼此不关心便会更遥远

无叶的树枝，剩下两个柿子
摇摇晃晃

不，我想说
不是不在乎，是彼此太在乎

美好的，也需要等待
彼此牵挂，时间会往心的方向

辑四

从此以后

月亮，时间的钟盘

夜声寂静，我分明听见了海潮
从你的照片涌了过来
亲爱的，我已困极了
却又无法入眠，潮声如歌
从中秋的月光流泻而来

对我而言，你是月亮，月饼，嫦娥
也是夜深里一秒一秒思念
一秒一秒在老去
今夜的月亮像时间的钟盘
滴答，滴答，静静地流逝吧

像什么也没有发生
闻到桂花的香味，来自欲望
身体及无影无踪的灵魂
挂在枝上不停招手，嫦娥感动了
沿着月光下来了，亲爱的，是你

一片向上飞翔的落叶

早晨将秋天推向远方
天冷了，满地落叶
我的思念落土了
我想念故乡了，俗话说落叶归根
根在哪，我该找找
可是我发现有一片落叶，在向上飞翔
像一只孤雁，他不甘心
他不想一个人回故乡，他在寻找另一只雁
他要和她一起回故乡，或回她的故乡
是呵，我静静地看着他飞，另一个我
花样之春，两朵花曾开在一起
落叶之秋，我在寻找另一片叶子
找到她，两片树叶向天飞
生与死都要在一起
还是要比翼双飞
飞累了，再向下落，归故乡

这个早晨我看见世界在对我笑

这个季节，果园的果熟透了
尤其是挂在架上的葡萄，那么透明，红润

没有人的时候，偶尔会有鸟儿
轻轻啄动。没有关系，这个秋天，大丰收

喜悦地歌声，在院里院外的每个角落。
几只鸟偷吃又算什么，吃吧，分享

这份梦想和甜美，该让世界知道。远离家乡
千里万里，早已把这里当成了家里

我不再为遥远而难过，也不再为爱情伤心
开开心心是对父母最好的孝心

做好自己，过好生活，不再为压力所累
故乡和亲人，放心吧，在这里我过得很好

吃葡萄的时候，我明白了秋天，开始感恩
一切。靠在院子的门边，手执一串串葡萄
一粒粒往嘴里送。望着快要熟的猕猴桃

太阳照了过来，秋风也吹了过来

哦，好凉爽，好甜蜜，也好幸福呀
这个早晨我看见世界在对我笑

月亮呢躲在海里

没有爱情怎么生活
没有了爱情等于死
没有你的夜晚，一切沉寂
星光隐没，月亮呢躲在海里
我们彼此在期待什么？挂念。分别。
什么时候可以重逢？向大海
向大海的广阔与包容
以最低处
迎接万川回来
我们的血缘在海潮中回旋
你我的爱将获得重生
重生，有了爱情的生活

你现在好吗

我想起了那一大束金黄菊花，像你
站在阳台上，享受共有的阳光
和时光，她与我分开许久
就像今天你与我分开
消失了，在某个城市的江边
星星被你我在船上的笑声
跌落在雾气弥漫的江中，你好吗
你现在把我当成了那些跌落在
江中的星星，也是藏在深层水中吗
而我最关心的是你现在过得好不好

记得最后一次见面，天下着雪
你红扑扑的脸，像苹果挂在树上
我们站在彼此眼前，彼此有点陌生
看着几张你为我拍过的照片
植物园的桃花，客栈边上餐厅
你把我最好的瞬间留在永恒之中
视线不仅仅看见我轻松的光芒
其实从我眼神的清澈里，可以看见
我眼神对面你的清澈，你的美
中午匆忙相聚，你把闺蜜凉在街上我俩

躲进了黑洞，花撒满地
彼此永不相忘，蜜一样从山泉流出

北京呵北京，黄昏丛林中鸟鸣
在八片云飘过之后，你说九吧
生日海岸的烛光，海边的誓言
白云如絮的等待与疯狂
那么那么些日子，够啦
这一切走到哪去了，在我的海里
这一切不会消失，相信你也刻骨铭心
我知道你为什么不理我
一定是你的善良和自尊放弃本可以有的
爱和冬天的火炭，你一定是自己一个人
在过冬，在坚守，在冰冷的夜静静哭泣
我还是想问你好吗

是否可以回到从前的任何一个场景
我就这样站在你的面前，静静看着你
像我经过海棠湾的时候，那棵望着我的
凤凰树，那眼神与你一模一样
见呗，跟海潮一起来，回到海边

来吧，到三亚来，这里有足够的阳光
当我们再次见面的时候，我有很多事
想告诉你，告诉你这些年怎么过来的
也听听你说这些年怎么过来的
我会在沙滩再次写下那三个字：我爱你

这一秒，我心疼全世界也心疼你

朝天看了很久
手在轻轻揩泪
为什么会将名利抱得那么紧
那么久，那么重要
亲爱的，谢谢你
你让我醒了过来
从今夜我要放弃
在这一刻才明白：名利比羽毛轻
是世上轻得最轻的东西
而你，才是最重要

知道吗？放弃之后
我看见大海了，看见银河了
遇见春天中的你
此生无憾了，还谈什么落寞?
我听见贝壳传来的是海的祈祷与祝福
其实，一切我已经拥有
每个人都会面对最后一秒
尽管那一秒短得不能再短
却又是一生最长
最销魂的一秒

这一秒，我心疼你
也心疼全世界

在离去的最后时光，你知道
一切多么美好
一切多么短暂
唯有爱，你我之间的爱
会永存于人世
最后两滴泪，一滴为你
一滴为世界
世界没有尽头
亲爱的，一切又重新开始啊
在那里，你我终将重逢
落叶没有飘散
是化成了蝴蝶在歌唱

我挥舞的指挥棒
是爱的方向，浅黄色的花才是
你浅浅的笑
我听见窗外柿树上喜鹊在叫
你看我的那一眼，

全世界醒了我想到了我无数次
在高空看见的云朵和彩虹
万紫千红是你风情万种
爱什么就为什么
爱你就为你
在最后一秒我想到的只能是你
只能是你
这一秒我心疼你，也心疼全世界

不为什么

为什么?
不为什么

尘缘如梦，冷暖似歌
今夜你在哪
梦被海潮卷走了

想念。相望。月落海
秋天的风，吹走一切
了无痕
没有人知道我在爱你
斑驳，树丛
始终一个人
烟花，在往日中的你我之间飞

醒后，也不归去
爱的潮水，已退
空对月
酒不停

一双温柔手

已摘月

繁花成霜
心最凉

为什么
不为什么

到此为止

像梦境一模一样，回眸一刹
无数的凤凰在飞
角斗场已塌，马已不在
别把时间浪费在路上

深深地吻，世界醉了
不能再晚一秒
站在对面，隔着千重山万重水
笑着，却心如刀绞

什么时候还可以在一起
虽然分手了，还是爱着你
沙漠中的你
像绿洲一样含着水

再见了，不告而别
就当什么都没发生过
你可以吗我可以

到此为止
最好我们都可以

这样吧，挺好

终于又来到丽江
蓝天白云从海口飘移到这里
一个人心情好的时候
层峦叠嶂的绿，便跟了过来
像我们看月亮的时候
我们走她也走

仿佛听到了晚秋落叶的声音
看见了枣果累累，爬在墙上
调皮和开心的样子
熟了呀，可以将爱投入
一场最后的生死恋
把一粒粒美好塞进嘴里的时候
才懂得无悔的融化与心情

相逢隔了十年
究竟再遇还是归期
树上挂着一些泪水，一些露珠
和一些道不出的酸楚
我们有时也不懂命运
不懂突临的厄运或幸福

此时，看着树上的果实
勃勃生机，使我
拥有了一个并不虚拟的秋天

我想到了刘禹锡的诗
晴空与一鹤飞翔在云层之上
诗情在碧霄尽情飞舞
哪管人间真与假
此刻的枣果，我把她捧在手心
不能，不能轻易放弃
这种丰盈的喜悦
这样吧，挺好

听见花水湾早晨的鸟鸣

被叫醒了，清脆悦耳，像春风
像女神的亲吻
听见了，听见花水湾早晨的鸟鸣
是你，一定是你在想念我
呼唤我。我听见了
大自然发生的故事，关于森林的音乐
关于黎明的光，渐渐照亮世界，关于
时间的幻影，像鸟飞来飞去
而我，就躺床上
静听这一切发生和消逝
我在见证时间的离去和重来
一个人怎样和万物亲近和呼吸
我爱呀，花水湾的早晨
鸟鸣唤醒了我和周围的世界
在翠绿的视线中，更多的鸟在飞
迎着早晨的霞光
于是，我相信陶渊明描述的桃花源
也许就是这个样子
也许不如这个样子

樱花温泉水面晚上的几片叶子

风吹过来，
树叶落了下来，
掉到温泉池里，几片叶子，
和我们一起泡，温度不冷不热
无数次泡温泉，无数人泡过
我第一次，也许是最后一次
望着樱花，透过稀疏的星光
这些叶子，像浴女的身段
幸福或忧伤，一样不可避免
它随水轻轻地波动，气息
好像已经昏过去了，在我离开的时候
天开始下雨了，我把这些叶子带上岸
带回房间里，放上桌子上，她美妙的
安静的，奄奄一息的
她不再睁开眼，她在自己的天堂睡去
而我只能看着她睡去的样子
再然后，自己渐渐睡去

春宵一刻

这一刻，你在我的手背
彼此对望，什么都不需要说
一首诗在心中吟诵
前世我们都爱过了
就像从前谁和谁
比如梁山伯和祝英台
比如两只蝴蝶
云知道，旁边的花也知道
而今世在今天又遇见
彼此对望，一切清清楚楚
春天的
春宵的那一刻
就是这一刻

从此以后

我离开了大海，告别了椰树下的
秋天与黄昏，告别了寂静夜晚里的
潮声
我奔向你，其实也是大海
比大海更大的大海

从此以后
凤翔于我的早晨，忧郁之琴
断弦于西海岸，就连上帝也开始对我
笑。我是船，我是海鸥的
翅膀，当然我也有可能是你的彼岸

这场大雨
洗亮了天空和我的眼睛
不尽的意味，已经忘记最初的那片
海水，纯蓝的问候一遍遍消逝
曾有的秘密，已经被海水冲散
一切简单些了，一切又重新开始了
浪尖上扑腾的，鸟儿，在寻找什么呢
越过红树林和围栅，我的心情
豁然开朗，冲破不是蜘蛛网，是铜墙

铁壁的网，打开时间的枷锁，征服
被脚划过的沙滩。我不再需要万里行程的
帆。从此以后，我只需要你

今日的世纪大桥
对我而言，像一道彩虹
可以通向世界每一条道路，远方
无数的旗帜在招手
希望，理想，宏图，伟业一个个走来
我已在宠辱不惊的年龄
不会手脚无措，花开花落已不落泪

不，我不再需要这些虚无的云朵
从此以后，我只需要你

辑五

美人鱼

在海边

在三亚，海边
我的手伸向天，触碰那只云
像你一样轻飘飘，经不住时间的
分隔。一夜之间，一切都改变了
我在海这边，你在天那边，那朵玫瑰
再也不相信可以代表什么。在美高梅
有一群花，开着梅花的样子
可是没有雪，沙滩，孩子玩沙
我想起了小时候玩雪，手冻得红红的
而今天这里潮声将时间洗去
就像一切从未发过，任海水在我的心
卷过来卷过去

流逝

那一刻的泪，即使帝王
也无奈
风韵的风，乘时间的马奔去
流在深处的水，记住了
这一幕，总会重演。可是你
不知道，也许是她的心
也会有爱情飘落的桃花，她
遇见他她就被融化
雪花和阳光的
命运。谁也不能怪谁

月光

关于时光，关于月光
在季节变换，生命轮回之中
我们是石头，又不是石头。我们是
月光又不是月光。似是而又非是
是梦而非似梦
在很多相信的时光和月光
我们可能是一切中的一点红，这一点红
恰恰是那永不消磨的那抹
月光。尽管天会下雨，阴冷和有雾霾

桃花

那些桃花落了，这些
桃花开了，开在十月，在另一个
世界，那里桃花开过之后就永远
开着，不会落，以一种笑容
表达不死的爱情，表达
再生的梦和粉色欲望，还是桃花
也许只有桃花，才可以那么
准确地把你的心和她的心，以及
别人的心，开在一起

胭脂

时光的颜值，写在层层锈斑的
岩石。我知道，那是你褪色的胭脂
我也知道，当春天再临，更娇艳的口红
又会层层涂上
再次远望，远处竹子还会在风中招手
舞蹈。而更远处，成千上万的花在微笑
在唱歌。她们知道，这一切不过是
滴水穿石的那滴水

雅片香

鸦片香，一定是从指间
流向某个黄昏，某个深夜，某个梦
心在云烟中摇摇荡荡？不是不爱，是
十分的爱。可以拿命去换，唯一的
我此生最爱的，像刚刚吸过的鸦片，使爱
绵绵。柔柔。弱弱。谁都无力抵挡的花
开在门前，眼前一片昏暗
我竟晕死在你的床上，那片月光
李白曾追过的，落在我们的窗口，在不断地
斜过来，亲吻这销魂的时光
你在我就在，你不在我也在

沉香

你不是贴近，而是
藏在这棵树的心脏，我的心脏
你隐隐约约，却无处不在
你懂我，我懂你，那些飞逝的时光
存在这里。吻你，被一一打开
像是经历了千年的等待
和思念，才知道彼此的味道
魂在寂静中开花。爱上你的爱
并迷失你的爱，从此，世界
再没有恶之花

旗袍

隐隐约约的你，在一瞬间
闪亮。这是女神的光芒
穿上旗袍，你便不是你
走过金陵小巷，三寸金莲
一路盛开的风姿
风也笑了，原来你可以这样
美。从前的你现在的你
我怎么也不相信是同一个
你。旗袍你装饰的不是女人
而是女神
男人们品头论足，女人们
窃窃私语的女神

巴黎，我祈祷一场雪

巴黎，我一直梦到你
像我的爱人，金发碧眼，你的气质
曾无数次吸引并醉倒年轻
而英俊的我。我曾暗暗发誓
在某一天，我将亲手为你献上
一朵玫瑰。可是，巴黎，我的巴黎
我深陷于悲伤的，今夜，你不再
浪漫。温度一降再降
全世界都在为你哭
为生命在某一刻的意外，诅咒那些
没有灵魂的，从地狱逃出的
他们将不得好死
同时，我们哀悼无辜的逝者
祈祷一场雪轻轻将她们覆盖

如果没有你

你在哪里？如果没有你
没有皓月当空的夜晚。即使玫瑰
深情绽放，又有什么
长久的空白在等待中流逝，潮声
分明是心在哭，可是你看不见
你也不想看见。那些玫瑰
暗自伤情，在啜啜流泪
那么快，一夜时光却用了
一生的时光。在冬天，雪在飞
是不是早已在被窝之中，一个人
或是已经两个人
每一次醒来都会想到你
可是，不能，再也不能了
你说过你选择了他，再过几天
你将变成飞蛾，扑向烛光
会吗，会是幸福吗，但愿
可也是个未知数，在迷失中
你找不到爱神，爱神也找不到你
你今生遇到我，只此一回
翻过之后，不仅皓月当空
还星光灿烂。一切并未结束，恰好

刚刚开始
因为这里没有冬天

美人鱼

雷电，闪鸣，大雨
天在狂怒和号哭，海边的椰子树，被摇得
晕乎乎
美人鱼在水深处，等待风平浪静
等待一切危险过去之后

不急，不急，暴风雨会过去
救你于水火之中
如果命运一瞬间，被改变
一切发生的被涂改得无影无踪
爱情呵像暴风雨
猛烈之后，昨天便成为一道伤痕

如果可以，所剩无几的爱
又在复燃，说结束却又在开始
真的在意，时光的微笑，果然是你
一次次抚过。风一吹
你的脸便消逝，宽恕什么呢
秋天在暴风雨之后啊悄悄来临

整个城市在膨胀，我的泪，在雨中

不，是在水中，无足轻重
所谓的想念，酒醉之后加剧它的疼
你的歌声，被淹没在潮声里
没有人知道，只有我知道你唱什么
时间紧迫，在海的深处轻轻呼吸
哦，美人鱼
暴风雨散了，秋天来了
你探头吧，我会在你视线之中

幸福感

在黑暗中，去点燃
一盏灯，像玫瑰一样代表爱情
从上帝手中
摘来一颗星，从月中采撷一缕光

是的，我可以做到，在海边，读日记
潮汐，来来往往，缠绵徘徊
爱恨一起，无须言说的爱，荡漾
在海上，不哭，不要让眼泪夺眶
而出
即使幸福满满，即使伤痕累累
又能怎样？还能怎样？不过如此

梦，在一条船，驶向更远处
你知道一切已经过去，你还知道
一切
又才刚刚开始，眼泪不算什么
就是牺牲
也可以，只要值得，只要心愿意

我终于遇见你

今夜天上掉下一颗星，落在海
也是我的怀
这颗星，就是千万个梦中的
一朵玫瑰。面对星
面对海，面对玫瑰，面对爱，面对
你。我明白，在这个世上
我不能没有你

每一次面对蓝色
每个人都一样，渴望
彼此
都是最爱的那个。可是时间
不听话
眼睛不听话，长在脸上的样子
也不听话。很多的某一刻
深不下去。那时我会问
这是爱，是我想要的
爱吗
海很大，很远
很多鱼游过去了
又游了回来，深不可测

往深处游，向光的方向，向春的
方向，梦披在岸上
明知会有命的危险。还是要冲
但每一群冲刺
都会有礁石，暗流，都会
有流泪，夭折和不开心。但总会有
抵达者

总是披满伤痕，才能
抵达。只有最爱，才会深爱
回头想想，我还是幸运
时光空空地流逝，我曾不知所措
我以为这世界可能没有你
但就在今夜，星落了，落在海
也是我的怀。我要对你说
终于遇到你，此生
无憾，我爱你

因为爱

这一刻，因为爱，重量上升
有宇宙之力
撼动万重山，那些死去的
沉睡亿年的，包括遗忘的
醒来
直呼世界的名字，我爱呀
不管你在哪
有温度，便有春天

时间

那些时间，在你不经意的
在你怨气冲天，在你哭泣的
在你破罐子破摔的
在你还没有明白过来的
那一刻，父亲走了，爱情走了
就连天长地久的友谊
也走了。无味，一个人在行走
风不停留，风在走自己的
海在啸，在吟自己的诗，她并不知道
你的诗有多好
惊醒，这一刻突然的惊醒，想到了你
想到剩下的
有些痛，不，是很痛。无助的风筝
挂在半空，挂在高枝之上
亲爱的，这树枝是你吗？这一次
我可要靠紧了
不飞，再也不飞了

致女神

怎样倾诉对你的爱，我不知道
从与你相遇的那一刻，就爱上
你
那只杜鹃的暗语，使幸福
轰响
在悄无声息的月光下，鸟儿
果树。美梦在消失，可古琴
在响

绝不迟疑，可以和你跳向
深渊
欲望与时间以及春，不再是
我们的
情敌。花雨，花园
枯枝败叶，复活了一个人的
良心。亲爱之人，开心的
劳作

成为在海边的
礼物。回忆，其实是一座
迷宫，只有桃花，可以听懂

那只鸟的
歌谣
摆渡的人，敲着羊皮鼓，像敲着
夕阳
火种。心跳，使知了陡峭
起来

从此，不再后悔将心移交了
你
我
看见冰蓝的海水，你的容颜
在发光

花未眠

花未眠，对，对

我每天临睡之前要看看她，我家
小院里的月季，她总是笑着，以最艳
的样子。我们彼此问候
彼此告别，她知道我从南方
海边回来，她闻到了海腥味，她
也想看海。可是，她的一生
只能在我的小院，只能看着我出去
只能巴巴等我回来，她只能开一次
有时早晨看见她落在地上，一片片
样子依然美，依然未眠，我会
有些痛，有些难过，就像曾经擦肩的
而错过的销魂的爱情。我的青春呵
我也曾无意地绽放，也来不及选择
也不清楚为什么绽放

花未眠，对，对

她不能睡去，因为时间太快，所以
她连眼睛都不敢眨一下，她想珍惜

每分每秒。是呵她渴望爱情
却不能拥有爱情，她选择祝福爱情
花未眠，在我的小院，我懂她的
祝福。而这个阳光天，我要亲亲她
好好安慰她，祝福她

辑六

世界再大也是个球

致故国

那些灰烟已经散去，但是
这一切并没有结束
我依然还
活着

从我的青铜之身，还有你的气息
故国哟，你的样子渐渐模糊
尽管心中依然怀念，一切成为记忆的
风景。我的跪拜，是在向时间
向生命致敬，和感恩

在水边，或者更辽阔的
海边，享受宁静，享受桃源桃花的
爱情
在每次的回望中
无边的海
无边的月光，会把灵魂
记忆，刻在岸边
在很多的时候，以为忘记
却又刻骨铭心。原来过程
来和去，总是匆匆

总是在不经意的时候，还会
想到你。但是请不要找我
还要请你彻底
忘记我

宇宙树

躺下的时候，我看见了天空
看见了梦，看见了未来人群的
脸
我的骨子，被时间磨圆
在改变些什么，比如颜值，比如
厚度

躺下的时候，我知道应该放弃
应该清楚生和死是必然的一种
过程

我不必恐惧，恐惧天黑
恐惧突然停止跳动
不必恐惧，眼睛不能再看见
世界。因为一切
既在死去，又在重生

躺下的时候，要清楚，却是
另一个人，另一个春天的
开始

世外桃源

哥哥，这是海吗
海就是这个样子吗
我看见远方的远方还是海

我想游过去，游过去看看
这和故乡的三月，和绽放的桃花
一样又不一样。哥哥，我看见
桃花了，开在万顷碧波之中
我们都会长大，那一天，彼此
找不到
今天的
脸

哥哥，有风暴，或者潮起潮落
也许我们走散，在潜水的时候
或者梦中，回到这里
沙滩还在，时光还存在这里
你还会在这里等弟弟
是吧

哥哥，将来是将来

现在是现在，我不想管将来
就现在吧让我再挽着你的臂
轻轻地靠在你的肩膀上
看海，看海
只看海

口香糖

被抛弃在荒地，冷冷的形状
因为甜蜜已被吸干，开始没有味道
被冷热挤压在一起，很多时光
很多情话，已经发霉

是啊，我想问，如果当初不触碰
不亲吻，不拥抱，不穿越，就不会
有这样的悲催的时刻，一个人的命运
和结果。想一想，如果可以重新，一定
可以有很多的选择，但是，对你而言
不是你可以选
而是别人在
选择你呀

慢性

天阴沉沉的，像你我的此时此刻
心情，总是要解蔽

没有想到会那么快。哎，可不可以
慢点，再慢点

让我轻轻地，静静地，甜甜地
美美地，好好地抱抱
你

再生。鲤鱼

从前
我不是在这里，我在乡下
在河流之中，或者在鱼塘里
如今，因为你的缘故
我来到了海边，爱上了这片海
我懂了，海好大呀
只有海才可以
容下两条并不相爱的鱼
不，不，不相爱也没关系
把我放在海里，我才觉得
过去挺好，现在更好

海洋

海洋的上面是蓝色的
海洋的下面也是蓝色的

就像你和我
无论是小的时候还是长大了
总是那么像你

母亲，我亲爱的母亲

拿鸟的男人

举着的树枝，三只鸟
不飞，和我一起走向春天

走向海。我的目光看见了
远方，看见了海的上面
也飞着很多鸟。她们怕我
不飞过来，这三只鸟怕
她们，不飞过去

望着长长的海水，有时想
这一切，怎么就那么说不清楚
三只鸟，在读诗
鸟诗，那些鸟写的
诗

世界再大也是个球

这是一个发光的圆，也称为球
阳光在上面会被反弹，回到
天空
离不开东西，也离不开南北
更离不开这个球。对我而言
只有这个球，对你而言
也只有这个球

这个世界，也许有神灵
也许有妖魔鬼怪，她们在另一个
时间。空间
她们知道我们，我们不知道
她们。虚幻，迷失
哪里哪里呀，我的手
摸不到你的手

但是我相信这个世界，因为你的
呼吸
你心脏的跳动，你的尖叫
你的颤抖
的的确确存在过

哦，是这样，那时
海在唱，我在跳，你在舞

在每个早晨和黄昏，江山睡在
这里
抱着阳光，我和你睡在这里
抱着月光
就这样，挺好
就这样，幸福

对我而言，世界再大也是个球

手机病

哈哈，亲爱的你曾问我
宇宙真的存在吗，到如今
我可以回答你了，宇宙就是一台
电脑

不，是一台手机
你在看，他在看，我在看
宇宙就在我们的手上，不用去
旅行
不用谈恋爱，不用做
学问，不用猛喝酒，哈哈

一切变得简单，只需轻轻按动
要什么就有什么，一生的事一天就
可以明白。千年的事一年就可以
弄清宇宙就是一台手机

哈哈，亲爱的握着手机
就握着宇宙，我也在手机里
别丢，千万别丢，丢了手机就
丢了宇宙，也丢了我，哈哈

画中人

那个女子从画中出来
我穿壁而随，无数萤火虫在飞
黑夜消失，往西，沿着那朵玫瑰方向

什么味道？蓝雾之中
时间飘过，你的味道，从远方飘来
思念，思念玫瑰，谁爱上你了
妖，情爱就是游戏，上天你为什么这样
这样不解风情
如果不爱，就不当曾遇见
出去，把爱找回来

花的名字，一天就谢
玫瑰的名字
牵着你的手向梦奔去，可以一生一世吗
那幅画上的女子，就是你
门呢在哪？如花似玉的美
红色的鹅卵石
梦那边是仙女，你是雾，雾中的诗篇

我还不明白

为什么突然一刹那爱上了她
另一个你，另一个梦
另一朵花，她的名字也叫玫瑰
做错了什么
做对了什么

还有一朵玫瑰，她的名字其实叫牡丹
玫瑰的心事，牡丹的心事
她的心事，我的心事
心在动，爱
我爱呀

春天在这片叶子中

一段时光即将隐去，阳光，窗口
依旧流泻着暖意，尽管是告别，彻底
想好了，轻轻吻
会有更好的，花卉，树木，森林
还有河流，甚至海
在最后告别的一眼，心里
一滴泪在打转，软软的，弱弱的
有过的，这时的怨气全散
就带走这两丛绿绿的叶子，什么也
不想了
不许哭，春天在这叶子中，有她在
一切都还在

在故乡，在这小小的村庄，初一的
早晨，向春天，向每一个人
致敬，祝福
不要地震，不要天荒
不要战争，不要夭折，不要痛苦
向春天，向上苍祈福。一个太平盛世下的
每个生命都自由和开心
这个早晨，我点开了红色，点开了
桃花，也点开了春天

在世界的每一天都爱你

我有时想到你就会流泪，就会
隐隐作痛。我有时想到你就会

快乐，就会暖暖不断
我要对着阳光，昙花和晨露以及

所有象征美好的事物说，你听着
好好听着，像打开圣经，倾听一种声音

我已经埋藏在心中，和心脏一起跳动
很久。终于在百鸟的争鸣中

醒来，感受你的气息
从空气中涌来，清纯清晰，超凡脱俗

于是知道世界这么美，时间流逝
这么快，转眼就又到了冬天，而春天

就在前面路上等着
哦，不，不，我不管这些，不再想
那么多，明天

我将回到你的怀中

我要对你说
在世界的每一天都爱你

给这个世界一点暖

我总以为，还来得及关于青春
关于爱情
关于天空，关于植物的生长

关于死亡的
恐惧。我甚至觉得一切没变
和周围保持亲密的距离

我把人们当成亲人
可以在阳光下握手，拥抱
尽管现实总对我说，不，不是这样

这么多年我听不进去
我总以为，还来得及，我还可以抚摸到
一种温度

是心脏，跳动之后的激动善良和爱意
但求落幕无悔
一句话惊醒梦中人，宽容，豁然开朗

睡得安稳，最简单的日子

在黑夜的路口，为陌生人点
一盏灯，或推开一扇窗，一扇门

轻叩其门，自由自在
我想要的，其实就在我心里
也在每一个人心里

珍重，每一秒都会有祝福
给这个世界一点暖

辑七

凤凰在唱

母亲

其实没有如果，一切
终将结束
你说的健康才是关键
可是，母亲你已不认识我
八十五的你，最后一点记忆
你给了父亲
坐在你的身边，只想静静
坐在你身边

时间正在生锈，正在瓦解
曾以为最坚固的，骑在
飞马之上
捧着花，献给消逝的，或要
来临的，母亲，我
看见了你头顶上的月亮，
看见了
你隐隐约约的身影，煤油灯
点亮了
一生的承诺都不可改变
你在哪，家在哪
这么美的乡村，我们飞过小镇

停在四十年前
停在那片稻田，金黄金黄
发出黄金光芒的稻田
我知道：一切都会不在
一切又都还在

父亲

每分每秒都在逝去，生命也在
每分每秒都可能逝去，可是，你没有
你从每分每秒回来。逃亡的灵魂
躲过了一次次
在最艰难时间，你没有放弃
一种力量征服了一切
这个世界的父爱，像神一样
像光一样，像森林，像马
像雪，像山，像剑一样
不可战胜
不可动摇
胜利，胜利，直至毫无意义

安魂曲（组诗）

——献给我亲爱的母亲

献词

黑夜，大海的黑夜
她沉没一切，就好像一切没有
开始，也没有结束

对我而言，今夜，一切都没有意义
我感受到母亲在空中飞
今夜陪着母亲的灵飞，在她最后的
时光，不能让母亲太孤独，天堂
玫瑰，献给重生，永别和荒凉
献给生命无力消磨，无奈的悲怆

从此，这个世界上，我没有父母了
空寂，暗淡无光，心无处存放
今夜的诗歌没有灵感，只有悲伤
无数的小针在心上不停地扎

如果真有来生，还希望是今生的样子
一切重来，一切重复，你还是母亲
只希望母亲，从此不再操劳

今夜的月亮掉在故乡池塘里

空中飘下来的是什么
是星光落了下来，还是母亲的灵在飘
以为时光日记中的忧伤，可以让我坚强些
可眼泪还是一遍遍流了出来
母亲，你没有等我就走了

早晨弟弟的电话，刚响我就预感不好
电话那头哽咽，发不出声
母亲走了，弟弟，伤心欲绝的
仿佛又在小时候，不见母亲的时候
黄昏的渐黑，恐怖鬼故事来
在大榕树下等着母亲
可今天，怎么等母亲也不会来

天空暗淡无光，月亮也不见踪影
今夜月亮掉在故乡的池塘里
而今夜的月亮就是我的母亲。母亲魂归
故乡，我的心随着母亲的心
剩下的黑夜

我在找寻隐隐约约的光芒
我的母亲，和很多人一样又不一样
我的母亲，平凡的，朴实的，简单的
农村的，田野的，煤油灯下的
我最最熟悉的，亲切的
我最最想念的，最最难舍的乡间小道

可今天，母亲舍下了我，她不等我
就走了，剩下的，是灰尘的，昏暗的
我没有方向可去
过年第一天去父亲坟头看父亲
觉得父亲孤单，旁边的空穴为母亲留的
再过二天，母亲就可以陪父亲了

这已经是最好的最后吗
为什么我和弟弟还要不停地哭
哥哥也一定哭，他不让我们看见
老大还要撑起这个家
母亲你是去了陪父亲吗
这辈子你我的母子缘
就这样结束了吗？不，永不结束

灵堂中的灯，昭示母亲回家的路

隐隐约约的光
在召唤和昭示母亲回家的路
不能灭，否则母亲走在半路，会迷路
惶惑的人生，太快，太快
这些蜡烛燃起的，是母亲最后的希望
尽管我和母亲彼此看不见
这两支蜡烛可以看见我和母亲

一只猫在黑夜中嗷叫
她不仅仅是对青春的回望
抑或是对死亡的恐惧
尤其是在哀哭一个邻居的离去
我的母亲就是她的邻居

上面燃烧的烛泪
寂空，如来往的尘世
母亲呵，今夜儿子为你守夜
只为你的灵，可以到家
再看一眼你的儿子

回响，百合花在开
灵堂中的灯，不会灭
母亲，你回来吧

听见墓歌，是一只凤凰在唱

我的母亲是回家的方向
是夜空中朗朗明月，是田野稻谷
和鸣
在苍穹中，母亲的目光，就是月光

看清世界，看清村庄的小道
在光芒中
我仿佛看见黑色的波涛
汹涌着，折腾，闪电
不停扑向沙滩上

我被死亡隔开了母亲，母亲谁也不认识
到了那个世界总该认识父亲吧
还好，父亲一定认识她

渐渐听见墓歌，是一只凤凰在唱
母亲呀，泪水
在碑石上千滴万滴，你的墓志铭
你不再想打扰任何人

我清楚，我知道你是什么样的人

爱之诀别，便是我今生遇到最大的痛

时间停摆之后，没有声音

只看了一眼，就刻下了
哥哥给我看母亲最后的遗容
安祥，平静，没有遗憾的表情，最后定格
善良的母亲留下微笑
她也许怕吓倒孩子们

时钟停摆之后，没有声音，唯有哭声
我看见空气悲伤，万物低沉，
我赶到家的时候，母亲已送往殡仪馆
母亲的房间空空如也，我想母亲的魂在飘

面对灵堂，看着母亲的遗像
黑色的花朵在哭泣，我原以为可以见到
可以再默祷，没了，母亲在那边的冰库
她今夜一定冷，一定冷冻成冰

星星都熄灭也无济于事
月亮再亮也无济于事
母亲呵母亲，永别了
这回我相信永别了呀

你是秋日稻田金黄的谷穗

树叶在凋零，阳光像火在烧
纸巾，眼泪，纸币，成灰
就是我想对母亲说的话

看不见母亲踪影的时候，顿感自己在老
而时间滚动着无奈不停奔驰
乡亲们都来祭拜你，他们的儿女
代表着左邻右舍
代表故乡，代表家族的悼念

悼词纯朴
悼念一位贤妻良母，她把儿女抚育成人
悼念一位村长，致富奔小康领路人

母亲呵母亲
在大家的眼睛里你是位最普通最平凡
而在我们兄弟姐妹眼里
你最不普通，也最不平凡

你是秋日稻田金黄的谷穗
你是过年时爆竹传出的喜悦呀

每一滴泪，都是心在哭泣

我的爱，我彻底失去的母亲
我想竭力掩饰我的难过和悲痛

时间一下子生锈了
母亲你一辈子都在在乎我们
现在才知道，我们也那么那么
在乎你

每一滴眼泪，都是心在哭泣
面朝大海的时候，所有的海水
都是思念

尘世，我们的泪，寂寞的花落
和轻烟

敲门声，像每个人的心跳

所有的颜色，一下子变成一种
颜色，灰色，成千上万人的脸

梦碎了，死神不见了，或梦见了

敲门声，像每个人的心跳
被人遗忘并不难受，但被母亲遗忘
却是世界上最难受

而母亲呵母亲
你想不起儿子的名字，也认不出儿子
但儿子依旧要献给你世上最美的诗
相信美好时光还在
你留给我们的记忆，依然温暖我们

像我们的天空，星光赋予了一切

母亲选择在梦中走，一个人
不打招呼，不告别一声
你已经满意了吗
你是怕给儿女们添麻烦吗
你是去另一个世界陪父亲了吗

此刻，我多么希望我们一家人在一起
父亲母亲都在，全家人开心
可是，今夜所有的事都停止了

像我们的天空，星光赋予了一切
都已过去了
把你的骨灰盒紧紧抱在怀中
是最后一次，告诉侄子车开慢点
能够多一秒是一秒，母亲，别怕
在这个世界让儿子多陪你几秒

为什么是你？雪

飘飘洒洒，看见
缤纷的你，飞来飞去，白色的，向上，向下
向四面八方，我曾以为是天地之间的
情书。而今天不早不晚落在我的头上
周围的树枝全白了，我的头也全白了
我想到了我的母亲，刚刚去世几天的母亲
她曾牵着我的手滑过雪
被雪滑倒的时候她曾说，孩子，别怕，有妈妈在呢
雪覆盖了大地，地上干干净净
雪也覆盖了我的心，冷冷冰冰
为什么下这场雪，天
是母亲借天神的手写给我的嘱咐吗
离家远了，天冷，要多穿点
无论世界多冷，雪是纯洁的，仿佛又听见了
母亲的叮咛，我一下子觉得
雪是暖的

挽歌

一颗草木都还带着寒露
一颗寒露都因为感动

含着海洋深处的
一滴滴
咸咸的泪
成千上万只鱼哭过之后

蔚蓝，沙滩铺满阳光
不知道天黑之后会发生什么

这颗寒露，落入海中
在一只鱼的眼睛里
而我，就是那条鱼

一滴水

五月，我看见那曾苍茫的赣江
两岸开满了花，那是春天依依不舍

还不曾离去，她久久地凝视流逝的江水
星光熠熠，天上银河之星

之光落入这里，我亲爱的赣南诗人
聚在这里，远方，星星，诗在这里

我的时光，小时候，池塘边，斗宿小学
一下子都在这里，我的凤凰牌自行车，我

的田野，母亲及亲人
在星河交汇之中，在这迷人的五月

我在海边，就像在赣水系
与你们对望，握手，拥抱，时空已没有了

距离
你们是那时的我，捧着书，躺在稻田
或是屋脊的草坪，数着一颗一颗的星星

直到满天都是，数不下去

我的诗就这样从天上掉了下来
就像这个五月，眼前的五月，你们的诗从

天上
掉了下来，将故乡的风

和原色，那份朴素的情感唤醒，在一分一秒地打动我

无论在海边，或在什么地方，我是赣江的
一滴水，你们也是，我想说的是，等我回

来的时候，我要和你们站在赣江岸边
一起喊：我爱你

乡愁

一朵花在唱
一朵花在跳，一朵花在吵，

一朵花在闹一朵花在叫，一朵花在睡
一朵花在笑，还有一朵和

另一朵花在谈恋爱我想说的是
其中有一朵是你有一朵是她，还有一朵是

我
在中廖村，都说：记住乡愁

而这些花在说：在这没有忧愁，记不住什么乡愁

这些花开在这里，
今年开，明年开

年年开，就是喜欢这里开
今天约，明天约，天天约，还是喜欢这里

约

故乡就在这，家就在这

乡愁，乡愁
到了中廖就不愁

江南

江南，我心中的江南
不是众人和乾隆记述的江南

不是老乡诗人北城描写的六月里你不要来
雨丝绵绵，情丝绵绵的，最美美人的江南

那些美轮美奂，那些莺飞草长，
那些盛开的万紫千红的花，那些小船荡漾风物

那些胭脂染过的秦淮，那些被水洗过
月亮的江南，那曾被千古绝唱的

谁不忆江南？
不，不是这些，我心中的江南

更不是方位上的江之南，是一个名字分解
之后的浓缩，她是爷爷奶奶的家，是父亲

母亲的家，是哥哥弟弟的家
是我在外还要念叨回去的家

我所说的江南，是我出生的地方
江西南康，简称江南，她衣着不华丽，面

容不娇艳。她平凡，朴实无华
是我永远的江南，谁不忆江南？是我忆的

江南

你的名字在花朵之中

我每天都会想你，像每天会
正常起，晚上睡去，在梦中

仿佛你睡在旁边
你说，密恋，蜜恋，迷恋

密恋一个月，像只有几天
不知为什么会这样，这个春天

你照顾了家人，又谈了恋爱
轻轻念着我的名字，直到家乡的田野上

开满了油菜花，屋前的桃花开了
这个三月呵萌春的三月

因为你，我看见了爱神的样子
哎呀，就是你的样子

在海边
我早早地醒来，推开窗我看见了海，看见
海上盛开
玫瑰，莲花，你的名字在花朵中

池孜坑

在故乡，我梦牵的池孜坑
花儿，草儿，树儿，一切回忆

从她们的脸上我看见了，找回了
存在池塘下面的鱼儿，螺儿

不再恨时光走得太快，看见你的
那一瞬间我被感动了，尽管我们

都已经老了不少，沧桑的眼角
风中散落的几缕白发，痛啊，故乡

那么多年匆匆行走，没能好好看你
而这一回，父亲在山坵之中

一对红蜡和纸灰又能说明什么呢
母亲也已叫不出儿子的名字，痛啊，故乡

为什么到今天我才明白？我给你的
时间太少太少，故乡
今夜我要念着你的名字入梦
池孜坑

池孜坑

故乡，在任何时候都最亲

那笛声，像回忆的梦
时光啊你是多么可恨，竟然让我
和故乡分隔了那么久。而今天那笛声
在呼唤，深深的幽谷，摇曳的
那棵大榕树，树上的八哥，屋脊的红枣

妈妈种下的稻谷，一片金黄
像金灿灿的金子，阳光照在上面
映黄了乡亲们一张张纯朴的脸。可是
故乡在哪，故乡的原风景在哪

故乡原址还在那，可回去的时候
不再是这张脸，我以为故乡老了
死了，被时光的锈腐了
很长时间我找不到故乡的原色，我以为
故乡不要我了，或者我把故乡
丢了。可是这笛声像一缕清风在呼唤

我走失的故乡，那些原风景
从记忆，从遥远的天空，从海的深处
回来了，回来了

啊，故乡的原风景还在
在心里。听到这笛声，我才明白

我还是爱着我的故乡，不，是更爱
心在千万点绿，那零星的光
和色彩。渐渐找到你，淡漠了的时光
庄稼，乡亲们
草，花和乡间路，无忧无虑的纯

故乡，在任何时候都最亲

辑八

你不再是时间的人质

致李清照

见过你之后，心有些凉
一种伤在竹林中长出叶子
青青的，嫩嫩的
和那株千年的葡萄树握手
仿佛握住了你的手
李清照，我该叫你什么呢
该叫姐姐吧
读你的《一剪梅》，我想哭
“红藕香残玉簟秋。
轻解罗裳，独上兰舟。
云中谁寄锦书来？
雁字回时，月满西楼。”
哦，你早把我当弟弟
把雁西的名字镶在锦书中
在你忧伤之极，多么希望弟弟
可以来陪陪你
姐姐呀，可惜弟弟那时还未生
可当我读到你的诗
你的诗从此陪弟弟
站在你的雕像前，我拉了拉
你的手，还有余温

姐，弟来迟了
来迟了呀，我知道你的痛
我真想替你痛打那个姓赵的姐夫
姓张的渣男
不该让姐姐借酒浇愁呀
不该让姐姐无计可消除
姐姐那么美那么有才
还有姐姐呀，你不该还那么重情
重情伤的是自己
你该吃吃
你该喝喝，不管他赵钱孙李
不管那些王八龟孙子
姐姐，你要开心呀

家愁未消，又添国恨
姐姐你像个七尺男儿
“生当做人杰，死亦为鬼雄”
轰轰烈烈的悲壮
你心甘情愿地为难自己
月下的情丝又算得了什么
“三杯两盏淡酒，怎敌他晚来风急！

雁过也，正伤心，却是旧时相识。”
姐姐，雁未过也，你别伤心
姐姐，弟弟以你为荣
你是弟弟的骄傲
不管当下谁妒忌你的弟弟
或造谣中伤你的弟弟
我只要想到姐姐，我什么都不怕
我想告诉姐姐
弟弟像你一样重情，写情诗
但不愁，姐姐，你放心
弟弟绝对不让情伤自己
当然也不伤别人
正是这一刻
姐姐，我看见你笑了
你是为弟弟高兴吗

致黄公望

一张画让你的名字，在时间中
消去了锈斑，在你的墓前，一堆土
和密密麻麻的树叶，什么诗也不用写
你将血液和呼吸，在水中，在山上
以一种永恒的姿势，我在读你
你在读我，神的眼神在读我们，留下
或什么也不留下，我看见了虞山的
高度。不高也不矮，不和高山比
也不和土地平，一种恰当的高度
不偏不倚，君子和雅士的气度和风度
淡然，墨迹上的温度，传递手心的纹路
你身体在土层之中腐烂，灵魂却在纸上
静静流动。看到了，也知道为什么
你的江山可以这么长

致王羲之

我的天哪，天外飞仙
你依然是男神，你不需要像李白
一样的酒量，同样可以写出像李白
一样的诗，飘舞天地之间，过山川在
顷刻之间，云一样轻，雪一样洁，风一样
自由。挥点洒落，惊鸿雁西山高鸣
看尽人间无数，再没有人可以挡住你的
去路，你指点的江山在时间之前
也在时间之后。万山倒塌的时候
你却站在海边，你没有见过雾霾，也没见过
北京那么高的楼。
恨哪，不能在你的书屋，或者兰亭
看看你写字，听听你讲法。只能盯着这些
飞翔的鸟，想象你的方向，你的周围
盯久了这些飞翔的鸟，就会产生
幻觉，在这些鸟中，有很多我熟悉的人
但他们生不逢时。而你凭着这群飞鸟
抵达仙境，再没有死神追你

致郑和

在海的深处，四千米下蓝色的
呼吸，你均匀的心跳，延续千年万载啦

我再也听不到杂音，可以细细分享
纯。静。美。

偶尔会看见少数的鱼
向下深入，我的心情，也会波光粼粼

花花绿绿的，我不知道哪个是你
我觉得每一个都像你，但每一个又不是你

在海的深处，四千米下静谧的
时间，其实在缓缓流动，这里的图志记

在水中
水下的日记千言万言，又一言不发

倾听。倾诉。倾倒。寻找。虚无。真实。
暴风的咆哮，沉船的呼救
阳光下的喝酒。

跳舞。歌唱
成千上万个郑和，出航和归程的快感

有的，一定有过。找不到蛛丝马迹
也一定发生过

一切都清清楚楚，一切又模模糊糊

月光照不到这个深度，四千米深处
却写着月亮的名字，你的名字

致林徽因

我怎么觉得你如此熟悉
像我的姐姐，就叫你诗姐吧
一个女人就应该是你的样子
无数次看到过
你瘦弱的样子
也以为你弱不禁风，唯有这一次
看清了你，一个走了多年的女子
还常常被人提及，一定是时间的风
在提醒世人：不能忘了你
这次照片上读你
你变得如此面目全非，竟然没有一点
往日的痕迹，
你如此温柔，也如此坚强
什么都可以无所谓
但美不可以，你要美，在任何时候
关于爱情，关于故乡
你都画在心里，在人间四月，万花丛中
我信：你是最美那朵
惊艳了徐志摩，梁思成
和见过你的人，和没有见过你的人
就在我今晨读到你，在为你写诗的时候

一只鸟停在窗，往窗内看
是你吗诗姐

致席慕蓉

席慕蓉，七里香，香在青春
最美的，一朵，每每回首，她都唤醒
那些美和属于诗的青涩，写在那本日记
在抽屉里，一拉开，全都在呀
爱与哀愁，在春天的二月，
万紫千红，不尽芳菲
席慕蓉，对我而言
一朵花的名字，最美，永开不败
如果有一天，可以遇见你
我一定要对你说，我以前爱
现在依然，一点没变

致罗门

罗门，门关了，你从你的梦中走了
什么也没有带走
你只带走了时间
诗歌和爱，还在，在台湾，也在大陆
你的名字，以门命名，一扇门关上之后
你一定打开了另一扇门
另一扇门只属于你一个人，走进去
会是黑漆漆一片吗，还好，你是
斗士
会是金灿灿一片吗
但愿，你有桂冠嘛
你曾打开过无数的门，每一扇门都通向
大海
在尘世的最后一扇关闭之后，心脏
停止跳动
紧紧关闭的门，从此不会再开

“你们的名字运回故乡， 比入冬的海水
还冷
在死亡的喧噪里， 你们的无救 ，上帝的手呢”
你的诗，就像是预言了自己
最后的时光

也应验了今天的这一幕，在死亡追踪的日子
你想回到故乡，可是你没有找到“上帝的手”
或许上帝的手
就在这“入冬的海水”。你怕冷，只有回来
你要回家，像海水一样激情，涌向这边的
海岸，这边的海岸，入冬之后
也是暖暖的

来吧，故乡以暖暖的海水
暖上帝之手
上帝，将牵引你，回来，回到故乡来
我们，在故乡，从水巷口，海口南洋港湾
迎你回家，水巷口，时间从这里经过
从前很多海外赤子从这里经过
而你，一位诗人
一位纯粹的诗人，也将从水巷口回到
故乡，举着无数的蜡烛，祈祷，照亮你
回家的路，暖暖的海水，暖暖的墓床
但愿从此的你，更懂得照顾自己
说好了，从此诀别，彼此不哭
无须太多的悲伤，诗歌是我们的
力量，战胜死亡的力量

致余光中先生

蓝星在闪烁，隔水的观音
在默祷你的离去，使得这场雨不同
不大不小的雨像我的泪
无须过于悲伤，毕竟人总会有这一天
一个九十岁的诗人一定是安详的
也是宽容一切的
所以在诗的标题我不想用悼字
曾在两岸诗会见过你
满头白发的你，在海口西海岸
却像少年明朗
握你绵柔的手，像握住了海的手
一场大雪的覆盖，像大海辽阔
你的头顶上的白发，像白云辽阔
一个有乡愁的诗人，像故乡辽阔
在我的心中，你是不死的
你是不朽的，你是永远站在墓的外面
你完美的诗人形象
是两岸乡愁的神话，两岸人都爱你
在这样一个平常而又神圣的日子
我站在海边不知道该说什么
只想轻轻地对您说：先生，走好

海子自白

怎么了？一下子我就成了
诗神？死亡的花朵在我的周围
跟着我，拉着我的手
亲来亲去，还不停地叫
亲爱的
她们说：只有我死去
她们才可以生，才可以
开放。如果不死
这些花看不见光，也散不出
香味，更不会有颜色

怎么了？连你也开始赞美我
变成了你爱的人。你不是曾经
将我的玫瑰，不屑一瞥
你曾在别人的怀里
嘲笑我的肤浅，贫穷
难道那条铁轨和列车
将我拥抱之后，重塑一个
诗神，是死神成就了
另一个海子，他不是我
你这假模假样的爱

再也没人知道

面朝大海，春暖花开
不是我最好的诗句，你们
干吗要像潮水一样一遍遍
一年年朗诵，本是普通的一句话
却被演绎成经典，甚至经文
好的诗，只看一遍
只读一遍就够了
我知道我的诗并没有你
读得好。其实，我更愿是
一个普通的诗人，只为你
写诗，可以和你一起
看看海

海子，我不会做你这样的诗人

海子，你所说的全部复活
十个海子，应验了
一个个海子从麦地长出，是千万个海子
复活了，像春天的树，叶子
全复活了。你诗中所言的野蛮和复仇
是对死亡？还是爱情？还是对
伤害过你的人

听到你母亲用乡音，背你的诗
我感动并流泪了，想到了我的
母亲，她已经记不住我的名字
但每次回故乡她依然会
拉着我的手说：回家，咱们回家
你母亲的样子是我母亲的样子
你母亲的样子也是天下母亲的样子
朴素的眼泪，就是一滴滴
一行行悲伤的诗

此刻，你的《亚洲铜》
面朝大海，春暖花开
在你母亲嘴里念出的，是心脏的
碎裂

血溅在田野，溅在你的坟头
我甚至有点恨你，怎么可以让母亲
在尘世承受丧子之痛

诗人何为？天下人都在爱你
可谁来爱母亲？父亲是山
可以不要爱，可谁来抚慰
母亲？
在另一个世界，是否听到母亲
在读你的诗，她说：不懂什么意思
只要是你的诗就是好的
父亲说：人都没了，还有什么

在这刻，我想对你说
你不是什么彗星，你也是平凡母亲
身上掉下的一块肉，你的光芒
你天下的名声
不如你母亲眼中的一滴泪
我还想说一句：
不管哪个世界春暖花开
我都不会做你这样的诗人

致帕斯捷尔纳克

你是诗人，也是医生
你的另一个名字叫日瓦格
看见你看天，望远方的眼神，
就明白你内心的伤害与阴沉
渴望的光，抑或一种神的解救？

在渺茫的等待中，你被时间俘虏
唯有绝望，和死亡在前方
在我年轻的某天，我看完了，
受难的日瓦格医生，他的爱
也是你的爱。你的无奈在挣扎中

奔跑。女神变成村妇与你奔跑
被关入与蒙白布的尸体在一起
暗示你已死去。当她揭开白布
没有发现你，反而有了几分轻松
连诺贝尔文学奖你都可以拒绝

名誉在爱情的面前黯然失色流放
和死又有什么要紧
只要她可以自由，可以活着

雨雾中的你没有眼泪
你教会了我什么是真正的诗人，

你让我明白什么是真正的爱情
当我再一次读到你的诗
我才明白俄罗斯不仅有普希金，
叶赛宁
云中的双子星座，就是你，

一轮太阳压在海底太久终于浮出，
冲出时间，光芒万丈，亮了全世界
你可以睡了，睡吧
你不再是时间的人质
你是自由的，彻底自由的

致莫扎特

你就是那个少年，明媚的阳光下
却有不尽的忧伤
不管岁月流向深处，你一动不动
站在那个月缺的夜晚
属于只有等待和纠缠不清的夜晚
甜蜜。伤楚。
一旦出手，下笔如飞，像神一样
穿过清澈与明亮的爱情之河
美妙，沉醉。
但现实中黑暗与山，使你心伤
你再也没有时间看到那轮月亮

致普希金

当你轻轻跳跃，从树上摘下
一片叶子
在空中挥动，我看见秋天在你的手上
那片叶子，写着凯恩的名字
我知道，尤其是昨天，你又回到人间
看见人们喜悦地读着你的诗
念着凯恩的名字
不，不完全是凯恩了，她是爱神的幻影
她不再是昙花，昨夜
她是每个人手中的
玫瑰，令人沉醉的玫瑰

致博尔赫斯

这么多死亡，被尘土一一埋葬
无论你走得多慢，时间不会等你
那些所谓的解释与证据又有何用

走近墓碑的时候
众多的名字终将有你的名字
光荣被花朵锁成花环

苍凉的大理石呀高大的阴影
躺在昨天的历史
空地，让梦境沉睡，唯一的宁静

看见亲人离去却无可奈何
结束了，刀下的血与战栗
唯有爱不熄灭

爱在，死亡才无空隙
空间，时间，光明，幻影
才会成为一切的奇迹
从你的诗中，我看见了灰烬中
思想的光芒与永恒。从此，我不怕
怕的时候就念你的名字

致凡·高

走向麦田，乌鸦在叫，
是在叫你的名字吗

她曾摘过一朵花送你
你在画花，她手中的花没引起你注意

你有多寂寞，没有人知道的寂寞
一只脏兮兮的乌鸦，令你多么开心

后来，你开枪的时候
很多乌鸦，是你的最后的朋友，陪你

为你送行
穿过花园，听见了琴声

悼念，花都谢幕了
继续弹琴

乌鸦继续在叫
从窗口闪过，多么忧郁的眼神
你，

看起来从来都与别人不一样
谷仓。麦田。星光

不要再问你怎么死的
要问就问你怎么活的

这世界需要温暖和慰藉
你也一样

不过，她每天带着花去你的墓地
乌鸦在叫，一定在叫你的名字

从苍穹的点点星光
我有时会看见你深不可测的目光

致聂鲁达

忧郁的眼神，穿破大地上的
稻草，幽居。风吹过来
一串串葡萄的甜蜜，分享了众多的
情侣，包括夜色匆匆忙忙的过客

绝望之后的火苗，越烧越旺
到什么时候心才会死
秋叶飘落之后，不会，冰雪融化之后
也不会，埋在土层之下之后，还不会

在尸首化成白骨之后
你还是不会死，你的心在纸上
在诗中千年万年，跟海水一样
咆哮，激情的血，染红夕阳和沙滩

海岸不再可怕，你像灯塔，不惧风雨
陪着这漫漫的，总在重复的黑夜
再多的情诗，也抵不过一首绝望的
歌，令我感到力量

就要绽放了，这些花，不再哀叹什么

我发现，空中那轮巨大的明月
正以你的眼神，忧郁地注视我
我懂你的，你也一定懂我

致波德莱尔

好像看见了你，从镜中的
我，这一刻分明是你的模样
对，对，我想对你说
我就是你，你就是我，一朵罪恶
之花
一朵美丽之花。你在哪
花就开在哪，不管天气如何，为了
爱
不惜时间的利剑，会划破手指
会划破河边的水草，会划破
从未揭开的秘密。那些美好的
传闻
到现在还在传

是的，我想对你说，这世上
有人懂你，也有人背叛你。这些
再也没用，封条被风吹走了
你一离开，花也谢了
从此她不分善和恶，不分生和死
你只是想睡一会，却不小心
睡了全部时光

我想对你说
可能这个世界只有我懂你，你
有多幸福
就有多痛苦，你有多痛苦就有多
幸福。恶之花，当然也是最美的
不可以深陷
你过早的流逝，你的命，你的才华
你孤独的绽放，你无情的不回头
你让爱你的女人
后悔一生

致石黑一雄

在我看来，也在东方
石头变黑了，只是字面的联想
而你的眼睛，你的心，你的灵魂
也烧着炭黑，温度，对世界的暖度
来吧，握一握手
从东方握手西方，或从西方握住东方
这一握，河没了
水没了，船不再沉

致鲍勃·迪伦

你唱的那些歌听过很少，你的样子很潮，
有些叛逆。你的年代，已经有些遥远。
但今夜倾听，感觉你正年轻，一颗不老的心
一个字：爱，我也一样。

时代在飞速老去，而你依然年轻。我呢
像你一样到最后一口气，还是一个字：爱
还没有爱够这个世界呀
她也还没有爱够我，她的花园呢

有歌的地方，就会有你的气息
都还留着你青春和传说，帅气又折磨人
你看上去是小伙子，就像刚刚露出稚气
哈哈，我叫你外国兄弟，尽管你不知道我

将来有一天，你会知道，有些人暗暗敬你
你所写过的诗，唱过每一首歌，都会唤醒
黎明，露珠是我和朋友为你醉酒之后的眼泪
想像你的昔日一样所为。没有什么做不到

一方水土一方人，这方人不会这样做

你说终将归于尘土，随风而去。你也经历了
一些艰难的旅程。正好我也经历了
一些艰难的旅程。我们彼此懂苦时的滋味

别对我谈纽约，没去过，但尘世之恋
一间咖啡屋的冬日时光，我也有
我需求的一切，你已经得到，什么时候
我们见面，你把一切给我，你不会不给吧

闪闪发光的桂冠，每一诗人都想戴一戴
戴过之后，又会知道什么呢，激动之后
才知道改变不了什么，虚荣不是什么好东西
之后，好好抽抽雪茄，画画画，写写诗

自己给自己发奖，把名字也改成诺贝尔
这样天天得诺贝尔奖，从此也可以给喜欢的
朋友发发奖，其实应该这么容易
靠近些，诺贝尔才会靠近你，靠近又能怎样

看见了你流泪的眼睛。在春天苏醒之际
一切轰鸣的声音终将消逝，包括最高的奖

花朵在每一座城市渐渐开放，你的名字在传颂
尽管有些鲜艳如初，有些暗淡无光
但爱情经过的时候，我们才明白，原来是这样

很多音乐，很多诗其实毫无作用，自言自语
你所说的时光慢慢流逝，其实是在说
一切快都在快速离去，没有什么可以挡住她
也没有什么可以留住她，她已经不需要这些

一个字：爱
我像你一样不怕她，也不怕别的她

致星云大师

在佛光山，到处都可以
感受到你，你的名字，来自远天
恒星之上的光，神秘，神圣的光

无数的光，色彩斑斓的光
无数的云，万紫千红的云
爱与恨并又能将你怎样呢

星云，你的名字
在黑暗中闪烁光芒，在光芒中
看见云流动，你在空旷之中

站在法门口
翻读了沧海桑田，回眸时分
无常的生命，像舟在水中

航行，只有前行，没有什么办法
可以停留，像春去秋来，像风霜
雨雪，总会在该来的时候来

闪电。泡影。丛草。露珠

如幻。如梦
彼岸既在对面，也在舟下的水中

无所谓去或留，无所谓生或死
在流逝之中，并不都是梦幻
一切，都会有自己方向

星照耀万物
云抚慰众生

彼岸。此岸。对望
虽汪洋一片，但你有云水三千
此岸即彼岸，从来都无分别

面具

你戴着面具，是怕被人认出，怕被时间雕刻
还怕孤独的心事，被月光发现

你戴着面具，又是为了更好地看清
另一个人。看清这个世界的真容

你想看清没被化装和没被整容之前的
一切。更想看看她，她在背后怎样说起你

你看到了，一切，都变化了
她说从来没有爱过你，没，一丁点也没

绝对不是你的样子，面具戴得时间长了
就变成了你真正的脸

哎，脸呢，你英俊的脸
被世人——遗忘，你呢，你该忘记谁?

像晨雾一样亲吻这个世界

这晨雾，是你的吻
吻过了我的谷穗，我的菜地
尤其，我出生的小村庄
最深处的灯，也是
最明媚的土垢，那些正在
落去的桃花，和开得正盛的
油菜花

亲爱的，我醒了，在清明
和春天一起醒了，我不再
哀叹
花谢得如此之快，像雪一样
见光就化。不再哀叹落叶落得
如此之快，尽管她曾在
我的手心被捂热，还是像落日
一样沉入海中。也不再哀叹
父亲走得如此之快，咳嗽声
从此不会再响，唯愿他在
另一世界不再牵挂我们
他该好好地为自己过
这晨雾，是你的吻

吻了桃花，吻了落叶
吻了春天，吻了死亡
吻了我厚厚的唇
是呵，那些晨光中的
雾，恰是你我对这世界
最温柔的
爱。有了你，我便有了
全世界

辑九

东坡海南

东坡海南（组诗）

苏东坡：我的海南日记

我的海南日记，写在海里
在快要离开的时候，不免怀着一种感恩
眷恋

阴郁的日子，海，安慰了我
无疑，在海南的日子，生长成故乡的
日子。住在海边，离海只有百步之遥
孤独之时，走在海边
我海边的日记
写给大海

财富和权力被随意扭歪，人们喜欢追逐。
名利，在很多时候伤人也伤己。

回到真，爱在途中的才会有停泊的港湾。

被感动，就是因为爱在涌动。

一位诗人被流放，历经沧海桑田

一位诗人自我放逐，细品酸甜苦辣
也因此，找到了诗人的路，这条荆棘之路
已开满了鲜花，而时间，在陈酿的酒中发酵

在海边，握手，拥抱，醉酒
滴下失散
重逢的泪，月亮看到了
真正的诗人，会感动天，也会感动海

彼岸，在前行之中，也在归途中。

对于爱情，潮水来回，依旧反复，吟诵
在被背叛中放弃。人们痛恨，却总遭遇不幸
直到结束，死亡才会尖叫和
平躺

应该感恩海南
这样一片宽阔的，一片云卷云舒的
一片晴晴朗朗的湛蓝，蔚蓝
蓝得无边无际，蓝到心止步
去结识几个人，比如海瑞，黄道婆，汤显祖

在雕像前，长久仰默
而无须语言。彼此懂
我海边日记记下的，也是画下的
继续。在与不在，都在

今晨，玫瑰花开
一个诞生的哭泣
一个死亡的葬礼。一个神回到人
一个人却被封为神，给玫瑰色的天和海
是我海南日记，也是我的海南诗

我需要时间在以后空着

诗在生命中，不言不语
深度的海

月光，读懂了你背上的诗行

在海的南边，儋州
看见了鱼，鸟，亲人，在你的手上
那只鸟蹲了很久，有心事想告诉你
或想安慰你这个老人

在海边你看见，鱼在水中和渔民亲吻
天然之间的翅膀，往返尘世与仙境
生与死只隔一道墙
幸福和苦难也只隔一条河
但是，谁可以像你一样看清

在京城，或在最南端
走过的地方都令你愉快
你不抱怨
你俯下身子，打井，插秧
让月光读懂你背上的诗行

关于世界，关于阳光，关于海水
在这里，你都明白了，你都接纳了
宽恕了，像海一样无怨

时间，你可不可以可慢些

已不再年轻
你选择在一座老墙的角落处
看到一朵月季，鲜嫩
在青春一到就开始凋零
随着阳光，在月上的露珠
你暗暗地哭，不敢大声，不敢
让人知道。时间
你多么需要她
越老越需要
彼此的体温，渐渐冷却
再也难于捂暖
你在等
慢一些，时间，可不可以
再慢一些

说实话，我不想走你走过的路

在最热的七月，在中午之后
以最热的温度去看你，阳光见证了
两个诗人的会晤。我以最热的
真诚和仰望，自以最可以理解的人
彼此用沉默而亲切的眼神，穿过了时光
轻轻地握你的手，接通了二个世界
假设可以在一个时代，不管是宋代抑或现代
我们一定是最好的兄弟，当然你是兄
你在任何时候照着弟
这一生你一定被名声所累，崇拜你的人
很多，你一定有很多遗憾
但你最爱杭州和儋州
杭州的妩媚风情，看清了情，儋州的
鱼鸟亲海，看清了天
看清了一切方向，看清了死并不可怕
在你的书院
我看见了你清雅的样子，看见落叶，也看见萌长的嫩绿
都会去的，许多时光许多事
许多人都会去的，包括那些害过你的

你只用了六十六年，铸就了永恒，
不朽不是形象，而是灵魂
以诗的方式
我从你的书院，带回了一块石头
这样我可以有信物，怀念，带回了
一些关于你的书，重读
你的路，说实话我不想走你的路，我想绕过
你的路。因为你走的路太苦
我心疼，我走不下去

像蜻蜓，轻轻地飞过池塘

当鸟和鱼亲吻，在一起
天空蓝极了，水也蓝极了
我在青神，和你相遇了
稚气的脸
像青苹果一样。的确，今天很
不一样，一丛丛花在笑
一棵棵树在笑，一只只鸟在笑

初恋的感觉，青涩
得不到才是最好的，雨滴
一丝丝连着下，叶子特别青
哎呀，脸红了，被你们看穿了
心怦怦地跳，在你的面前，不敢
抬头。这一刻好像发生了什么
晕极了。不过，我想起了
我的名字叫苏东坡
你呢，你的名字，很美，很美
有月亮的夜晚我会轻轻地念
记得那一年我十六岁

十六岁小吗？不，十六岁.不小啦
那时的我，什么事我都懂的
我在青神爱上了你，我的青神
我没有牵你的手，尽管很想
我没读我写的诗给你听，尽管很想

我曾经爱过你
像蜻蜓，轻轻地飞过池塘

我和你轻轻一踫，世界碎了

那些花，在哭，哭了好几天
为什么来得不是时候，不如不来
免得彼此看着难受，那些草，在笑，总忍不住想
一个人，一群人，有时总那么
莫明其妙
那些月色，读过你的诗，诗中的她，已被你神化了
可是，神呢？你是在哪
那些喝过的酒
早就烟消云散了，唯有一场和你碰杯的
那场
世界划成两半，一半在你的杯中
另一半在我的杯中
我和你轻轻一碰，世界碎了

你把功名放在水中，让功名和水一样流走
你决定好好地活下去
做饭，学医，看天象，教书
每一样你都投入，像你的诗词像你的书画，每一件作品
传递温度，慰藉一些被世间遗忘的

心。悲凉，苦涩，无奈，看见你的诗
去见了鬼，无影无踪
你走过山川，走过时间的禁地，在构建
一个梦，而梦中，都是爱

爱每一个人，可是不包括自己
关于功名，你最不爱她，但她却爱了你
生生世世

依然轻轻地告诉这个世界我爱

天地看不见，六月雪真下了
那些痕迹找不到了，回头无路
我知道，向前，只会离你更远
思念，断肠，全倒在路上，在月下
仅寄的月光，也被这里的雨
淋湿了。梦境，和你在中秋共婵娟
都不在一起了，就不应有恨了
我想劝劝你，安慰安慰你
不再思乡了，乡都在脚下了
一生中时间和你走过的，包括空中
飘动的云，他乡的水土都是故乡
希望那些的，亲一口，全出现了
每天走很远的路，转来转去
大海和高山的对话，被幸运之门
紧紧关闭，也许已经没有可能
难道在这个世界你我永别了吗
又回到出发的地方，筑梦，修行
从未放弃，相忘于江湖，怎么可能
三星伴月，怎么可能日出夜晚

而你的琴音，和大运河一起流
千年万载。剑指天下，剑指三千里桃花
死灰，也可复燃，还剩一点点星光
对你而言，草舍又何曾不是天堂
采集阳光，你像萤火虫在黑夜中
一缕阳光够了，直到黎明的再一次
来临，最后的时分，你依然坚持
依然轻轻地告诉这个世界：我爱

像雪霜一样，这冷白的头发呀

生死之间，十年
孤坟，茫茫的草丘之中
千里，相隔于千山万水
凄凉的风在吹，想说些什么
又有谁会静听
一切都在时间中，转动
即使我们彼此
相逢，再也不可能认出彼此
沧桑的面容
像雪霜一样，这冷白的头发呀
这思念，来自深潭的忧伤
我当然还在想你
这梦，抑或只有回到故乡
才拾回年轻的模样
从此，不再漂浮不定
草听见了
阳光看见了
海也知道了
我还是爱你

情人，在理想国渐渐远去

那些花忍不住想哭了，举着无数双小手伸向天空
挽留你，把你的衣服藏起来，为什么要走
这里有什么不好？要走，可不可以
带上一起走
就要去找那块什么木了，想象中的森林，深不见底

水花四溅，海，当时不知你是
谁。如果知道，也许她会听你说，
不需要知道，为什么
你会哭
流逝的欲望，在某一刻
梦碎，你肉身出现，揉碎了整个夜晚。
心里爱谁，谁却不知道

夜奔新丝路，匆匆忙忙的
月亮，光，忽明忽暗
云隐去一层又一层，终于挡不住，只好分手
没有明天，没有谁看见过
会有谁不想

一曲忧伤，女人在想，无所适从，却轻松
你一定明白，这一生只为
一个人，不，上亿的人
使时间从从容容，无怨行走
寒夜里雪下着，外面冷，心怀着热，向远天
含泪的雪，变成花落在
我的窗。后花园，灿若星辰，你知道吗
你的眼神，秒杀了这个世界

火凤凰知道，这些不眠之夜
究竟发生了什么，只是不想说。
好像什么都没发生
玫瑰剧场，情人
最终在理想国渐渐隐去，泪流过，
却从未有人看见过

就快要去找那块什么木了
亲爱的，我多么希望这块木，写着
你的名字，写着地图
写着前世的你我
写着今世的桃花，写着日子
为什么会这么快就流逝呀

一夜时光却用尽了一生的时光

你在哪里？如果没有你
没有皓月当空的夜晚。即使玫瑰
深情绽放，又有什么
长久的空白在等待中流逝，潮声
分明是心在哭，可是你看不见
你也不想看见。那些玫瑰
暗自伤情，在啜啜流泪
那么快，一夜时光却用了
一生的时光。在冬天，雪在飞
是不是早已在被窝之中，一个人
或是已经两个人
每一次醒来都会想到你
可是，不能，再也不能了
你说过你选择了他，再过几天
你将变成飞蛾，扑向烛光
会吗，会是幸福吗，但愿
可也是个未知数，在迷失中
你找不到爱神，爱神也找不到你
你今生遇到我，只此一回

翻过之后，不仅皓月当空
还星光灿烂。一切并未结束，恰好
刚刚开始
因为这里没有冬天

南山，有一座尘世的无忧花园

不在梦，不在尘
南山那，那南山
那是你描绘的，曾
无数次若隐若现的南山。风轻
云淡，天高水蓝
在南海之南，山一片绿
凤凰在那，百鸟在那
蕉林，莲花，花雨都在那
飞翔，舞蹈。没有伤心的泪，在草丛中
那露珠晶莹剔透，在微笑
在迎接阳光的爱。会化的
化成彩色的，在海面
铺上黄金的，是阳光穿过水晶的
那种，映出你的最真，和最美的
那一部分。真的吗
真的会是你吗，真的会是我吗
会在南山的无忧花园
结束遥遥无期的寻找和等待
和发现

这一切并不太迟。如果你去了
如果我也去了，南山那
便是不老的，竹子就停在那
是你，也是我

你站在时间之门，有星空的夜晚

穿过时间之门，在儋州
在星空闪烁的夜晚，一个人拥有

光明。除了思念，还是思念，亲人和朋友呀
离你如此之远，今生还能再见吗

又有什么可以传递，鸿雁，怎么才可以安慰
怎么才可以使灵魂不哭

有些愧对父亲
他也许没有想到人生最后的驿站，会在海边

会在他从来都没有遥指
和谈论过的海之南。无所谓暮年，都是从这条路

走过来的
当然是再也走不回去了

千朵万朵花开的声音，在念你的名字

月光看着你，又有什么用
她属于太多的人。还她于天上，高高在上的悬挂

世间的万事万物，她看在眼里
却又仿佛什么也不在意，她心里没有你

仿佛什么也没看见
在月下，千朵万朵花开的声音，在反复轻念你的名字

唯有用你的笔书写，“万里海南真吾乡”
这里已是你的故乡呀

最后的时光，美在黄昏，太阳还没有落下去
你触摸到幸福的霞光

空寂的春夏秋天，究竟可以留下什么

看见那些流动的云彩，幻化
往日时光，幻化成你飘然出尘的样子

飘若仙人，载酒堂，载满的故事
在一杯接一杯的酒中，倒来倒去。除了喝酒

还有这里的天空，白云，飞鸟，台风
彩虹，哗啦啦的雨

除了天空，还有这里的大海
椰子，菠萝蜜，芒果，稻谷，鱼群

除了大海，还有黎家的歌声，人情，黎锦，甜井
除了大海，还有乡愁，那些寸步不离的乡愁

断肠，友情，诗境
空寂的春夏秋冬，你究竟可以留下什么

仰望的月亮，是那个深爱的女子

除了乡愁，究竟还会有什么
一腔热血，依旧没有冷却，暖暖的气息

诗依然会从天空掉下来，砸在树叶上
砸醒了鸟的早晨，砸醒了一个春天的来临

你知道了，还有爱
还有温暖，友谊，爱情，亲情

也唯有爱，让你回赠生命，回赠诗歌，回赠
你曾无数次仰望的月亮

和无数次仰望的，无边无际的苍穹和星空
还有那个总会出现的幻影，深爱的女子

名和利，像一片羽毛轻而又轻

终于等到了天子的召唤
可是这一切已经太迟，已经不再需要了

京城你已经忘得差不多了
开心和不开心已没有关系了

曾经的万丈雄心，
在海潮的来来回回中，冲淡。名和利

一钱不值，像一片羽毛轻而又轻
尘世呵尘世

悲与喜，到了最后的时光，又会有什么区别呢
明天就要离去

按常理，或常人应该高兴才是
今晚为什么心，从没有这么痛过呢

离开时的路和来时的路，同一路

海南，对你而言
是世外桃源的一个梦，一朵水中的桃花

平平淡淡，自由自在
一切沉重的包袱都已放下

鱼鸟亲吻的那一刻，全世界被感动了
那时的全世界，其实也就是你一个人而已

但是，够了
一个人，就可以代表全世界

海南呵海南，叫你如何不爱，叫你如何舍得
离开时的路，和来时的路，还是同一条路

夏　汉

在心灵与真情间飞翔

——谈雁西和他的诗

在诗坛，早已经知道雁西的名声，只是未曾谋面。来海南前，有朋友把他的微信名片传给我。加他以后，几次聊天，他都是简短一两句话，所以，判定他是一个冷漠的诗人，心里自然不快。到海口的第三天，他给我微信，说见个面，于是我们相约在西海岸的一个咖啡厅。不一会儿，就见他匆匆进来。我们在眼光相遇的同时，都彼此认出来，真的有点心有灵犀。但他人还没有坐下，就连续接了几个电话。之后才是抱歉与寒暄。而聊了一刻钟之后，我知道我的判断错了：雁西是一位很擅于言辞的人，热情、爽快，且温文尔雅。那么，他在微信呈的简短回复只能归之于太忙了。那一天下午，我们聊得十分投机。之后回市区，随他看了几个布展地点，那份操心的景况，让人心疼。从看到的资料里，知道雁西是一位集书法、绘画、艺术批评与诗歌创作于一身的人，还兼做策划人与杂志，实在是一位多面的艺术家。那么，在这多种艺术的交汇中，作为诗人，他一定拥有自己独有的诗学路径，这也就成为我对他关注的缘由。

一

雁西是一位心思缜密，性情温和而善良的人，而且又崇尚美好。那么，爱情成为他诗歌的基本主题之一就毫不奇怪了，他还专门出版了一本诗集——《致爱神》。诗人把爱看作一座“秘密花园”，似梦非梦，甚至比梦还美轮美奂，在那里，“我看见爱神从月光走下来”，“我看见爱情/在时间中行走”；而她“走过后的路鲜花盛开”，“每一个遇见你的人都会爱上你”；爱是没有永别的；在爱河里，“镜中的/我，这一刻分明是你的模样……我就是你，你就是我”，那份缠绵令人艳羡。在这些诗里，诗人极尽赞美之能，刻画了他心中的爱神，以至于最后的结局是——在爱里，“生命就是一座秘密花园”。

当然，在诗人那里，爱作为永远的主题——这也显示出了一种普遍的人性，而正因为如此，世界才显得如此美好。而我要说的是，当这爱与死亡联姻，就赋有一种凄婉的永恒。我们在《桃花》里就体验了这份凄婉之美：

那些桃花落了，这些
桃花开了，开在十月，在另一个
世界，那里桃花开过之后就永远
开着，不会落，以一种笑容
表达不死的爱情，表达
再生的梦和粉色欲望，还是挑花
也许只有桃花，才可以那么

准确地把你的心和她的心，以及
别人的心，开在一起

这似乎是一首悼亡诗，此刻，诗人心怀里一定拥有浓重的悲恸。而可贵的是，他将这本原的情绪酝酿为淳净的情怀，在内敛的抒发中升华为一种“完成的情感”（克罗齐语），让桃花穿越“梦与粉色欲望”以及死亡，抵达了一种拥有普遍性的“不死的爱情”。而在海的浩大空间里，可能还会有丧失，或许那也是爱的一个另类——不妨说，这里也昭示了爱的复杂向度，《在海边》这首诗里就展示了这种爱的可能性与无奈：“我在海这边，你在天那边，那朵玫瑰/再也不相信可以代表什么。”当然，从不圆满之中寻求一种圆满，比如从不相爱之中寻求相爱，这里就有着非同一般的生存的真理。而这真理被诗人揭示出来，就有了那种从人生的遗憾与痛苦到“情感的欣赏”的转变，这必定来自一个心智的成熟：

容下两条并不相爱的鱼
不，不，不相爱也没关系
把我放在海里，我才觉得
过去挺好，现在更好

——《再生？鲤鱼》

二

在南方沿海地区，海岸线绵延数千里，在这里的人，每天都在波涛起伏中生存，甚至梦中也是——这一切融入他们的心智里，就势必会塑造与沉淀出一种海洋文化。反映在文学层面则很自然地就会形成一个海洋诗学。那么，海南一定居于这海洋诗学的中心。在这个背景下观察雁西的诗，也就会有另一番情景。或许他在海岛时间长了，在海的一望无垠里，那种空间感就会激发诗人更多的想象与幽思以及些微的愁绪，在《拿鸟的男人》里，就有这样的句子——

举着的树枝，三只鸟
不飞，和我一起走向春天

走向海。我的目光看见了
远方，看见了海的上面
也飞着很多鸟。她们怕我
不飞过来，这三只鸟怕
她们，不飞过去

相对应的是，诗人在巨大的空间里窥见了时间，在那里感受一切："而今天这里潮声将时间洗去 / 就像一切从未发生过。"自然，这种空间里还包括生命与死亡，比如《宇宙树》里，"躺下的时候，我看见了天空 / 看见了梦，看见了未来人群的 / 脸"，窥见了"生和死是必然的一种 / 过程"，"既在死去，又在重生"，因而才有了"我的骨子，被时间磨圆"的叹谓，也有了"一切成为记忆的 / 风景。我的跪拜，是在向时间 / 向生命致敬，和感恩"（《致故国》）的虔敬。诗人在《沉香》里，还看见"那些飞逝的时光"，"像是经

历了千年的等待 / 和思念”——不妨说，在一个空间里的想象直至时间的追问，会让诗歌走向对事物秘密的美妙追寻之中。当然，我们也清楚，正如博尔赫斯所说的“对神秘的解释总是无法与神秘本身相比”，但他依然认为“生命就是一座秘密花园”——这无疑是“现代文学中所使用的一种最行之有效的方法的基本原理”。

三

说到底，一个优秀的诗人，他不仅仅只有一个面孔，在主题与精神的层面上，总会有更多的展示，给读者一个意外的惊喜。比如，一个诗人对于生命的思考，会让他的语言趋于凝重和深沉，在雁西这里也是如此。在《致故国》里有这样的诗句：“那些灰烟已经散去，但是 / 这一切并没有结束 / 我依然还 / 活着”——这是写给一个江岸雕塑的诗，而诗人透过“青铜之身”体会着生命的回归，让记忆成为凝固的风景。雕塑《宇宙树》暗示着对生殖力的赞颂：在男人的生殖器部位，立着一棵结满果实的巨树——这是雕塑家的极具想象力的作品。而要在诗里展现，若不落窠臼，就必须另辟蹊径——雁西做到了。诗人从“生和死”的角度去阐释生命必然的过程，“既在死去，又在重生”，躺下则是“另一个人，另一个春天的 / 开始”，如此则有了全新的视域。

在《口香糖》里，我们看出来诗人在挖掘一种艺术之恶，在一种短制里展示了诸如美好之后的悲催或爱与恨的多种复杂结局：

被抛弃在荒地，冷冷的形状
因为甜蜜已被吸干，开始没有味道
被冷热挤压在一起，很多时光
很多情话，已经发霉

这样的切入角度让人读了不禁大吃一惊，那些以为诗人只会耽于赞美与歌颂的人，看了这首诗一定会汗颜的。在这闲适、美丽的海岛，他唯一的期待是“世界再没有恶之花”（《沉香》），“在黑暗中，去点燃／一盏灯，像玫瑰一样代表爱情。从上帝手中／摘来一颗星，从月中采撷一缕光”（《艺术家》），这里印证着诗人的美好情怀。从这里，我们似乎也窥测到诗人的另一种情愫——那种缘于独特地理条件下所催生的一种抒情畛域，我称之为南方抒情。大家知道，雁西生活、成长于江西这个富饶之地，那里的山水与风物浸润着诗人温润、细腻的性情，徙居海岛后，更被那热带的椰风、绿浪与温润的风情陶冶着，从而塑造着一颗多情善感的心。故而，我们看到了诗人耽于抒发的本色，那是一种幸福的、不带任何杂质的纯粹本性。

四

深知雁西浸淫于绘画、书法这些几乎是纯美的形式元素中已久，故而在诗里体现出一种纯美的语言及其蕴涵实属正常的行为——正如强记、博学的艾略特在诗里频繁引经据典进行复合、博杂型写作——这昭示着一个诗人的艺术真实。那么在这个意义上，有人把雁西的作品诟病为唯美其实不足为虑了。在这一点上，诗人本人也公开承认他在面对海岛这绮丽的风光与淳朴、敦厚的风土人情之际，宁愿让他的诗倾斜于纯美的一边。正如我在一篇文章中所谈及的："在国内诗歌界，由于受到波德莱尔以降西方现代主义的影响，似乎有一个固执的说法：浪漫主义过去了，那种纯正的歌唱似乎也不必要了，随之而来的则是黑色幽默，是对现实的批判与揭露。多年来，我们总是浸淫于文化层面上那种对人生与时代肢解的歹毒快意之中。"而实际上，"爱，美和花几乎是浪漫主义永恒的主题，歌与花朵共存，爱与美同在。在这里，诗人假若不去歌唱，不去赞美，几乎就失去了本源，那也就失去了诗人的天职"。现在看这段话几乎就是为雁西作的称许。

美是一种人类的基本认知，也是诗人艺术追逐的重要一端。正如费尔南多·佩索阿所说的："创造艺术便是渴望为世界创造美，因为艺术作品一旦完成，便建构一种客观之美，添加于世界的原初之美之上。"我们看得出，雁西是专于此道的——也可以说他是注重于纯粹之美的。他说过："能够选择诗作为回归宁静或接近神明的方式无疑是有眼光的。诗浸透着一种典雅、高贵和纯粹的品格，这或许就是我心跳的原因和生存于人间的光芒。诗像晶莹的水珠在阳光下一览无余又折射出七彩的绚丽。这也正是我能在夜深人静的时候写诗的原因。"因为《爱上这片海》，这位曾经在京城多年的从业者移情别恋了："我曾深爱的北方，你不再是 / 我的牵挂，我的思念。"诗人总会在美的审视中窥见美的秘密，有时候那竟是在不经意间发生的，因而就有了"隐隐约约的你，在一瞬间 / 闪亮。这是女神的光芒"

（《旗袍》）。有时候，在美面前，人是不自信的，以致予他会对自己产生疑惑："我们是 / 月光又不是月光。似是而又非是 / 是梦而非似梦。"（《月光》）而诗人捕捉到这一切，就让美停靠在语言的贝壳里。雁西是崇尚自然风物的，或者说他是一位偏爱大自然的歌者。但我们不要以为他就是一个单纯到轻薄的诗人，在《诗人应忧整个人类之忧》这篇短文里，雁西阐述了他的自然诗学观点。他说："所有的艺术都是自然在精神田园的结晶，诗歌更是如此。诗歌是自然在艺术中的光芒"；"而现实的大自然并未得到真正的保护，大自然正在被侵害，这是目前整个人类的忧患。诗人是人类的先知，理应忧患整个人类之忧。重回自然和田园，应是诗人的崇尚，也是真正艺术大师的回归。""重回自然与田园也需要激情、敏锐和探索，真正优秀的诗人，无不在诗中探讨大自然和人类的命运，无不在诗中体现灵魂的孤独和生存的忧患。"从这里看得出诗人崇尚自然的深层根据与睿智的胸怀。

一位成熟的诗人，他不会只看见眼前，就是说，他还会在历史或异国的怀想中阐发诗意。比如在诗人的心目中，巴黎是浪漫的，而就在不久前，一场浩劫袭来，"今夜，你不再 / 浪漫。温度一降再降 / 全世界都在为你哭 / 为生命在某一刻的意外"，诗人是悲伤的，而语言是内敛而简洁的，语调是轻淡的："祈祷一场雪轻轻将她们覆盖"——这是《巴黎，我祈祷一场雪》给我们的美学见证。总而言之，缘于诗人沉浸在赞颂与歌唱、爱与美、情与恨、空间与时间、生命与死亡诸多对应的思考里，雁西的诗歌语言趋于干净与洗练，而语调则在一种平缓中铺展，有效地实现了其轻松、凝炼、飘渺、美妙而神奇的诗学主张。正像他在《诗歌的崇高》里所说的："我喜欢的诗往往透露着宁静、淡泊、典雅和善良，一种清新、婉约、含蓄的意象会让你感到艺术的崇高与美好。诗歌，是心灵的鸽子，诗人凭借鸽子走过心灵的困惑，飞向宽广的蓝天，抵达一种精神的永恒。"我们相信，雁西在诗里展现的纯净之美一定会有更多的读者青睐。

冰　虹

“启明者”

读雁西诗有感

每每读到雁西的诗，总会有一种莫名的感动。他的诗作充满着一种独特的韵味，是对生活本真的坚守，是对爱的呼唤与渴望，亦是对信念的执着与追求。他尝试从复杂的现实生存境域中提炼出独特的生命体验，进而以一个“旁观者”的姿态审视现实的生存境况，于细微的生活点滴处呈现出对生活的体悟与生命的信仰，展示出对人生终极价值的追问与反思。海德格尔就曾说过：“凡没有担当起在世界的黑暗中对终极价值追问的诗人，都称不上这个贫乏时代真正的诗人。”我想在这一点上雁西做到了。

阅读雁西的诗总能感受到一份强烈的画面感，亦或是身临其境的现场感。他对诗歌的语言有着独特的掌控力，他擅长运用简洁、朴实的语言，但每每细读后却又是最富有张力、富于诗性的。他总能敏锐地察觉到死亡、黑暗、恐惧等对人们生存的压抑，进而于困惑与焦虑中彰显出爱与信仰的力量，谱写一首首生命之歌。如在诗歌《美人鱼》中对“美人鱼”境况的描述，就带有强烈的画面感，“雷电，闪鸣，大雨 / 天在狂怒和嚎哭，海边的椰子树，被摇得乎乎／美人鱼在水深处，等待风平浪静／等待一切危险过去之后”，寥寥数笔，雁西将“美人鱼”生存境况刻画得淋漓尽致。但在雁西看来，即便如此的“狂怒和嚎哭”，也终将会有消逝的那一刻：

不急，不急，暴风雨会过去
救你于水火之中
如果命运一瞬间，被改变
一切发生的被涂改得无影无踪

这一刻的诗人又是如此的清醒、冷静，无论生活是多么残酷、多么忧伤、多么疼痛，诗人依旧对生活、对生命、对幸福透露出一份执着的信念。“整个城市在膨胀，我的泪，在雨中／不，是在水中，无足轻重／……没有人知道，只有我知道你唱什么／时间紧迫，在海的深处轻轻呼吸／哦，美人鱼／暴风雨散了，秋天来了／你探头吧，我会在你视线之中”（《美人鱼》）不难看出，膨胀的城市在侵压着人们的生存空间，遮蔽了生活之真（美）。但诗人却并未由此而堕落，转而以一种积极的姿态进行不懈的抗争与追求。又如诗人在《给这个世界一点暖》中所描述的：

我把人们当成亲人
可以在阳光下握手，拥抱
尽管现实总对我说，不，不是这样

这么多年我听不进去
我总以为，还来得及，我还可以抚摸到

这种温度正是人们心中所存的善念和爱意，是作者内在的生活经验的审美呈现，亦可理解为是对生活的敬畏，对生命的虔诚。显然，在残酷的现实面前，雁西并未选择“逃离”或“隔绝”，而是在经过深思后，展示出对个体生命价值的体悟，是欲追求人之为人的本真存在意义。“是心脏跳动之后的激动善良和爱意 / 但求落幕无悔 / 一句话惊醒梦中人，宽容，豁然开朗”（《给这个世界一点暖》）雁西的诗作并没有一味地控诉，而是将这种情感隐于诗人自我求解的过程中。“轻叩其门，自由自在 / 我想要的，其实就在我心里 / 也在每一个人心里”（《给这个世界一点暖》）通过自我的不断反思显示个体的存在价值和意义，进而实现对人生的思索，启迪人生的智慧，呈现生命所蕴含的无限包容性。“在黑夜的路口，为陌生人点 / 一盏灯，或推开一扇窗，一扇门”（《给这个世界一点暖》）又如在《幸福感》中有言：“在黑暗中，去点燃 / 一盏灯，像玫瑰一样代表爱情 / 从上帝手中 / 摘来一颗星，从月中采撷一缕光”雁西对生活和生命有了一种新的认知和解读，并不是单纯停留于对“生活景”的模式化的赞美、歌颂，反而是以一种多维度、多层次、多视角的“还原”，呈现出对生活的本真面貌的反思和对生命信仰的深度追问。诚如勃兰兑斯所言：“所有这一切看起来似乎完全是在冷静的控制之下运转着的思维机械的槌击和捣碾，其实是一种灼热的、燃烧的想象力在推动着的，而处在这一切的正中央的，是一颗剧烈跳动的和啜泣着的心。”

诚然，新诗发展到现在已逾百年，在这百年的曲折历程中，虽然新诗屡遭“寒冬”，但人们对诗的热爱与坚守却并未消退。雁西便是其中一位，他与陆健、程维、张况一起被尊称为当代“诗坛四公子”。他们以一种踏实又自信的姿态，将生活经验与知识储备和艺术能力融合在一起，在多年不断的探索与追求中逐渐形成了属于自己的独特的诗歌形式。这是一种坚守，亦是一份信仰。用雁西的诗来讲，便是“心愿意”。其在《幸福感》中有言：

梦，在一条船，驶向更远处
你知道一切已经过去，你还知道
一切
又才刚刚开始，眼泪不算什么
就是牺牲
也可以，只要值得，只要心愿意

做为诗人的雁西应是时代的“启明者”。面对繁杂与喧嚣的现实生活，他既是亲历者又是旁观者，他不断地反思、超越日常生活的惯性，借助于语言的“陌生化”来创造一种可能的生活形式，展示个体生命的存在价值和意义，引导人们自由自觉地摆脱世俗现实的物役，寻求生活的本真之美、本真之乐。无疑，这体现出了一位真正意义上的诗人所具有的担当精神，着实难能可贵。